この闇と光

服部まゆみ

角川文庫
18854

この闇と光

低く降りてゆけ、ひたすら降りて
永遠なる孤独の世界
世界ではない世界、まさしく世界ではないものに向かってゆけ
内部の闇

T・S・エリオット『四つの四重奏』より
千葉文夫訳

目次

『レイア　一』

父はよく私を「光の娘」と呼んだ。輝くように美しいと。「美しい」とは「綺麗《きれい》」ということだ。「花のように綺麗だ」とも言う。

でもダフネは違う。


ダフネから最初に言われた言葉は「死にたいの？」だった。

部屋と同じように冷え冷えとした声、怒りと憎悪が凍りついた声。喉《のど》からではなく、どこか別の場所から発せられたような奇妙な響き。

そんな声を聞くのは初めてだった。

声はだんだん強められ、その声の調子に私は泣きやんだ。

闇と孤独から救われたいという希望は砕かれ、私は闇よりも濃い恐怖と、孤独よりも恐ろしい敵意に包まれていた。

意味は分らなくても、その声だけで充分だった。ダフネがその気になれば、私は指先でつぶされる虫よりも無力な存在だと瞬時に悟った。

ごわごわとした手袋をはめたダフネの手は大きく、私の顔をすっぽりと覆ってしまう。

彼女は言った。

「死にたくなければ静かにおし。うるさいのは嫌いよ。特に子供の甲高い声はね」

ダフネの顔は知らないが、私には見える。ダフネの顔は声と一緒に浮かんでくる。いつも上から声がするから、背はとても高い。目はつり上がって三角形だ。鼻も魔法使いのように三角形、それに顎《あご》も尖《とが》って三角形だ。触ったことはないけれど、三角形だらけの意地悪な顔だ。

声も尖った三角形の声、匂いだけが気持ち悪くなるほど甘ったるくて、ゼリーのように、ぶよぶよと私を包む。

匂いと共に、声は何度か頭上から降ってきた。「何かあったら枕の横の輪を引きなさい」

その声だけで、身が竦《すく》んだ。

「鈍い娘ね。輪が分らないの？　あなたの右側よ。右がどっちかも、まだ知らないの？」

私はおずおずと右手で空を掻《か》く。右上に輪投げに使うような輪がぶら下がっていた。

「引いてごらん」と言われて引く。どこかで鐘の鳴る音がした。

「いいわね、困ったときはそれを引くのよ」と、声は鋭く尖り、ドアが閉まる。

匂いが薄れ、そして消えるとほっとした。輪など引く気はない。自分から恐怖を呼び寄せようなどとは思わない。

♠

いつからか、食器を置く音で目醒《めざ》める習慣がついていた。

受け皿にスープ皿を置く音、フォークやスプーンが触れ合い、そしてテーブルに並べられていく。

隣室にダフネが居る……そんな音を背後に、父の「おはよう」という軽やかな声。

父の香り――私は身を起こし、父にしがみつく。死ななかった――と父に抱かれながら思う。

でも、隣の部屋にはダフネが居る。

厚い絨毯《じゅうたん》で足音こそ聞こえないけれど、もうすぐドアの開閉音が聞こえるはずだ。

私はダフネが部屋を出て行くまで決して父から離れない。

ばたんと隣室のドアが閉まり、「さあ、顔を洗っておいで」と父は私をベッドから抱きおろす。

バス・ルームのドアはベッドから壁を伝ってまっすぐ十歩、右に五歩の所だ。十までの数は数えられるようになった。もう一人で行くことができるし、顔も一人で洗える。起きてすぐ、ダフネに会わなくて済むのだ。

私があまり怖がるので、洋服も父が着せてくれるようになった。

「今日は目の醒《さ》めるような薔薇色《ばらいろ》のドレスだよ」と父が言う。父の話し方は優しく、甘く、丁寧だ。

「明るい薔薇の花びらのようなピンクだ。襟はレースの縁取りのある白」と私の手を襟に触らせる。「前に赤いリボンが付いている」と、手をリボンに持っていく。「ボタンは白い貝殻だ。まだおまえ一人で嵌《は》めるのは難しいだろうね。薔薇の花の形をした素敵なボタンだよ」——指で触ってもぎざぎざの固い塊を感じるだけだ。「腰にも赤いリボン、触ってごらん。滑らかで指が滑るようだろう? サテンのリボンだ。縁はもっと赤い……濃い赤……濃い赤のことは『真紅』と言うのだよ。真紅の糸で縁取られている。とても似合う。まるで妖精《ようせい》のお姫様みたいだ」

「ようせいってなに?」と私は聞く。

「妖精とはね……」と言いながら、父は私の向きを変える。

「よし、リボンも結んだ。妖精のお姫様の出来上がりだ。妖精のことは朝食を摂《と》りながら話してあげよう」

「プゥ」を抱き、父に手を取られて隣室に向かう間、私は着せられた洋服を思い浮かべる。

明るいピンク、白い襟、白いボタン、赤いリボン、それに真紅……「真紅」は濃い赤……目の中は赤茶色に染まっている。「真紅」は「赤茶色」と違うのだろうか？

ドアを開け、隣室に入ると、世界は青と緑に変わる。明るいとそうなるのだ。だから青と緑、赤茶色、それにもっと暗い時の黒と灰色もはっきりと分る。それ以外にも憶《おぼ》えている色はある。海の濃い青、傘の黄色、チューリップの赤、父がいつも忘れないようにと言っている色……「いつも、いつも、思い出し、忘れないようにしないとね」……目の前ではなく、頭の中で、青が広がり、黄色が広がり、赤が広がる。

隣の椅子にプゥを坐《すわ》らせると、バターとケチャップと卵の匂い……オムレツの匂いがする。オムレツは大好き。プゥが食べられないのが可哀相だ。

プゥはこの間、父が城下から連れてきてくれた。

「城下」とは城の周りの街のことだという。「街」は知っている。公園やお店……母と一緒に行った……

「くまさんだよ」と父は言った。

大きくて、立たせると私の肩くらいまである。でもそれほど重くはない。一人で立つことはできないけれど、寝ることも、椅子に坐ることもできる。

名前は私が付けてあげたのだ。それから私の横で一緒に寝る。でもご飯は食べられないから、「食事」のときは隣の椅子に坐らせておく。プゥに触れると安らぐ。

ばたんとドアが開き、そして閉まる。甘ったるい匂い……いや、「香水の時には香り、というのだよ」と父が言っていた……強い香りが押し寄せてくる。

ダフネが食器を下げに来たのだ。

私は反射的に両手でテーブルを摑《つか》む。何かをしっかりと摑んでいないと不安だった。父に触れたかったが、父はこのテーブルの向こうにいる。

以前、父に向かって手を伸ばして花瓶を倒し、ダフネにひどく怒られたことがある。以来、私はテーブルの端をしっかりと摑むようになった。

ダフネが部屋に入って来ると、父も黙ってしまう。

香りと共にダフネのスカートがテーブルに触れるかさかさという音が聞こえる。

ダフネは強張《こわば》ったスカートをわざと私の手に触れさせる。固い厭《いや》な感じの布だ。

「糊《のり》を効かせすぎているのだよ」と、父はダフネが居ないときに笑いながら言っていたが、スカートが頬を掠《かす》ったときなど痛みすら感じる。

甘く強い香りが私を覆い「またお野菜をテーブルにこぼしましたね」とダフネの囁《ささや》き声。父に聞こえないように言うのだ。でも、今日は父に聞こえた。

「姫はちゃんと人参《にんじん》をフォークで刺したよ」と、父の明るい声。「位置も憶えたし、ちゃんと人参の真ん中を刺して持ち上げた。それは刺された人参に張りついていたものだ。油分で付いていただけだから、皿から口に運ぶ間に落ちたのだよ。私だってやりそうなことだ」

ダフネは応《こた》えない。代わりにテーブルの下で私の足を蹴《け》る。

食器が下げられ、ドアが閉まり、ダフネが居なくなると、ほっとする。嬉《うれ》しくなる。私の怯《おび》えように、昼食も三時のお茶も、父が廊下の端まで取りに行ってくれるようになったから、もう夕食までダフネに会わなくて済むのだ。

父は信じてくれなかったが、ダフネは本当に私を殺そうとしている。

「殺す」という言葉は知らなかったが、父に聞くと「死ぬ」ことだと言った。

「死ぬ」という言葉はこの前……いえ、もうずっと前だろうか……知った。「母が死んだ」と聞かされたときに。

居なくなってしまうこと、消えてしまうこと、もう会えなくなることだと父から聞いた。

居なくなるとはどういうことか、消えてしまうとはどういうことか……よく分からない。

でも母は居なくなり、消えてしまった。

バナナを食べてしまうと、バナナは消えてしまう。無くなってしまう。私も何かに食べられるのだろうか？　ダフネに？　食べられてしまったバナナはどうなるのだろう？　よく分からない。でも、父と会えなくなってしまうのは厭だ。

「殺してやる」とダフネは私に言った。「死にたいの？」と言ったときと同じような調子で。私は死んで、居なくなり、消えてしまい、もう父に会えなくなってしまうのだ。

父は「ダフネはふざけて言ったのだろう」と言い、「レイアが良い子になるように、脅かしただけだろう」とも言った。でも違う。

私はまだ子供だが、ただの脅しで言っているのか、本気で言っているのか、違いを感じ取ることはできる。

私はまだ、どうしても泣いてしまうことがあった。父が側に居ない……独りきりだとつい泣いてしまうのだ。

涙が零《こぼ》れると止まらなくなる。そのうち声が出てしまい、抑えようと思えば思うほど悲しくなり、怖くなり、そして爆発……そうなると、もうお仕舞いだ。

私が泣いて泣いて泣き続けたとき、ダフネは「お黙り！　殺してやる」とどなった。

その声で、私は求めていた父ではなく、すぐ側にダフネが居ることを知る。

私は良い子ではなかったのかもしれない。何度も泣かないと決めたのにまた泣いてしまったのだから……ぴしっと頬を叩《たた》かれ、びっくりして声を呑《の》んだときにダフネは言ったのだ。「お黙り！　殺してやる」と。

そのときは『お黙り』しか分からなかった。「黙りなさい」という意味なのだと分った。『殺してやる』は分らなかったが、でもそれだけでも充分に怖かった。「死ぬ」ことと同じくらいに怖かった。

恐怖に満ちた静寂の後、ダフネは「今度泣いたら殺してやる」とつぶやき、出ていった。その後すぐ、父が来て抱きしめてくれなかったら、私はどうなっていたか分らない。

世界は赤茶色で、頬はひりひりと痛く、父に抱かれて優しい声を聞いたとたん、私の目からはまた涙が溢《あふ》れてしまった。ダフネが怖くて堪《たま》らなかったが、それでも涙が止まらなかった。

「だれ?」

「おとうさまだよ。大丈夫、大丈夫、大丈夫……」

父は私を抱きしめ、頭を撫《な》で、体を揺すった。大丈夫、大丈夫、大丈夫……父の声は柔らかく、身体はあたたかく、良い匂いがする。

「可愛いお顔が涙でぐしゃぐしゃだ」と父は優しく拭《ふ》いてくれる。それでも涙が止まらない。それどころかまたしても泣きそうになった。

「しー、ダフネに聞こえるよ」と父が囁く。

私は声を殺して泣いた。父の胸に抱かれてずっと泣いた。泣きながら「『殺してやる』ってなに?」と父に聞いた。


父は信じなかったが、その後だって、ダフネは私を殺そうとした。階段でのことはまだほんの少し前のことだ。

始めは服を着せてもらったときだ。

その朝、私はとても気分が悪かった。

身体が気だるくて、苛々《いらいら》して、何もかも腹立たしく感じられた。

ダフネの服の着せ方は乱暴で、スカートと同じように、糊の効いた手袋は肌に触れると痛く、彼女と共に押し寄せてくる甘い香りに頭が痛くなった。

「ホックくらい、もう自分で嵌《は》められるでしょう」と言うダフネの声に、私はホックを嵌めてみたが、すぐに「ずれている」と手を叩かれた。

「一番下から順番に嵌めなさい！」

自分でも、何であんな勇気が湧いたのか分らなかったが、私は「厭だ！」と叫び、思いっきり服を引っ張った。ホックが一気に外れ、おまけに布の破れる音がした。

とたんにダフネの「この娘は！」という怒声が飛んだ。

私はダフネを突き飛ばし、振り向いて逃げた。でも駆けたのは三歩くらい、すぐ何かにぶつかり、それは凄《すご》い音をたてて倒れ、そして私も倒れた。

「目も見えないくせに駆けだすなんて」とダフネは私の肩を摑み、乱暴に揺さぶった。頭が壁にぶつかり「痛い」と叫んでもやめなかった。

「何を壊したか分っているの？　ここにある物はもうあんたの物じゃないのよ！　国民の……私たちの物なのよ！　お情けで生かされているくせに……死ねばいいのよ」と突き飛ばされた。

「死ねばいい」ともう一度、頭上から声が降ってきた。「やはり殺すべきだった……殺してやるわ……殺してやる」――ダフネの声はだんだんゆっくりと、歌うような調子になってくる。私は恐怖で凍りついていた。

そのときも助けてくれたのは父だ。

ドアが開き、「どうしたのだ」と父の声。

「見ればお分りでしょう」とダフネの三角形の声が響く。

そしてドアが凄い音をたてて閉まった。

「大丈夫だ」と、そのときも父は私を抱きしめて言った。「ダフネは出ていった。大丈夫だよ」と。

その後、何日か私は熱を出して寝込んでしまった。

目を醒《さ》まし、呼んでも誰も居ないとき、父がすぐに応えてくれるとき、そしてダフネが居たときもある。

父のときには声と同時に額や頬にあたたかく柔らかな手を感じた。ダフネのときには冷たい声か、香りだけのときもある。黙って私を見下ろしているのだ。私は慌てて寝た振りをするが、身体は竦《すく》み、涙が滲《にじ》んで来るのを抑えられなかった。

プゥが来て、一緒に寝るようになっても、まだ「ベッドから出てはいけない」と言われた。

そして……私は目を醒まし、独りで居るのに耐えられなくなった。昼か夜か分らない。たまらなく心細く、お腹も空《す》いていた。

ベッドの上にぶら下がっている輪を握ってみたが、これを引いて来るのはダフネだ。ダフネには会いたくない。会いたいのは父だった。たまらなく父に会いたかった。

ベッドから降り、窓を開けると冷たく乾いた風が頬に当たり、木立を揺する風の音、そして梟《ふくろう》の声が聞こえる。

世界は黒と濃い灰色と薄い灰色が入り交じり、真っ暗なのだと分った。

夜になったばかりなのか、それとももうすぐ朝になるのか……廊下へのドアを開き、父を呼んでみたが返事はなかった。階下から微《かす》かに音が聞こえる。

私は廊下に踏み出した。


私の別荘での行動範囲は限られている。

家の中では私の部屋と付随するバス・ルーム、それに隣の食堂兼居間だけだ。

普段は部屋から直接食堂に行くだけである。この二部屋だけなら家具や壁を伝いながらでもかなりスムーズに歩けるようになっていた。

廊下に出ると、ドアの向かいの壁に両手を当てて、居間と反対の方へ少しずつ進んだ。

でも壁の角のところから先へ行く事は禁じられている。

その先はとても急な階段で、私には危険だし、また下には怖い人たち……ダフネや、それより怖い「兵士」という人たちも居るということだった。

兵士はとても乱暴だそうで、ときどき聞こえてくる言葉は訳が分らない。でも、とても怖いのだそうだ。私と二人で居るときにも、父はときどき兵士に呼ばれて下に降りていく。

私は廊下の壁を伝いながら、父を呼んだ。

無性に父に会いたかった。そして無性に怖かった。二階には誰も居ないということが分ったし、真っ暗な夜なのだということ、そして梟の声も……ダフネは言っていた。「梟はお肉が好きなのよ」と。「おまえのような幼児の柔らかな肉がね。窓から入ってきて、おまえなんか一摑《ひとつか》みよ。高い樹の上に連れて行かれて、あっという間に食べられてしまうわ」

窓はちゃんと閉めてきただろうか？　ドアもちゃんと閉めてきただろうか？　すぐ後ろに梟が居るようで怖かった。

廊下はひんやりと冷たかった。足の指が埋まるくらい厚い絨毯《じゅうたん》から微かな温《ぬく》みを感じるだけだ。角の方から僅《わず》かに風が来る。階下から昇ってくる風。階下の窓が開いている。では前にも梟が居るかもしれない……

階下からの音はもう聞こえない……進むのも、戻るのも怖くなった。頭がしびれるほどの静寂の中に居るということが耐えられなかった。

城に居たときはこんなとき、たいていは母の部屋に行き、母のベッドにもぐり込んだ。

だが、母は死んだという。どんなに泣いてももう来てくれない。もう居ないのだ。消えてしまったのだ。

私はダフネに聞こえないよう、父だけに聞こえてくれることを願い、小声で父を呼びながら壁を伝って前に進んだ。

そしてとうとう角のところまで来てしまった。この先は禁止だ。

ここから先は分らない。行ったことがないからだ。プゥを連れてくればよかったと思った。でもプゥを抱いてしまうと、壁にちゃんと触れられなくなる。

そのときまた下から微かな音が聞こえた。グラスに飲み物を入れている音みたいだ。私は膝《ひざ》をついて手で絨毯を探りながら前に進む。ネグリジェが足に絡んで進み辛《づら》い。

ようやく階段の縁に触れる。

下の段を探ってみると、肘《ひじ》が廊下の縁に触れた。私はまた小声で何度か父を呼んでみた。

しんとしている。水音も消え、何も……誰も居ないようにしんとしている。

別荘の二階はどこも厚い絨毯が敷きつめられていたが、この階段まで絨毯が敷かれている。それでも何かが近付いてきていた。足音は聞こえなかったが、甘い匂い……

ダフネの香りだ。

私は撥《は》ね起きた。とたんにネグリジェが足に絡まり、私は立ち上がることもできずに倒れた。

顔がごわごわの固い布に触れ、身が竦んだ。私は大きく固いダフネの手にしっかりと摑《つか》まれ、次いで壁に叩《たた》きつけられた。

「角から先に来てはいけないと言ったでしょう」と押し殺した声が聞こえる。「でも降りたいのなら降りるがいい。獣みたいな恰好《かっこう》で降りていくがいいわ。下の兵士たちはあんたを見たらすぐに殺してくれるでしょう」

「ごめんなさい」と私は叫んだ。何度も何度も叫んだ。でもダフネの声の調子は変わらなかった。

「目の見えないことを兵士たちが知ったら、あんたなんてすぐに殺されてしまう。目の見えないお姫様なんて生かしておいたってしょうがないって言ってね。あたしが先に殺してやろうか」

かさかさとスカートの音がすぐ前から聞こえ、ダフネの手が頰に触れた。私は壁伝いに後ろに下がる。「おとうさま！」と叫んでいた。金切り声で何度も叫んだ。こんな大声で父を呼んだのは初めてだった。

「ダフネ！」と父の声。すぐ近くで聞こえた。「どうしたのだ……レイア……いったい何が……」

「愚かなお姫様は来てはいけない所までいらしたのですよ」とダフネの声。「下の兵士に見つかっても良いのなら、私はかまいませんけどね」

ダフネのスカートのかさかさと鳴る音が続いた。

「レイアには私からよく言っておこう」と哀しそうな父の声。「兵士たちには内密に」

スカートの音が驚くほどの速さで下降し、遠ざかっていった。

父の掌《て》が額に触れ、続いて私は抱き上げられた。

「熱が下がったのだね。良かった」と父は言い、「世界一美しい私の姫君」と頰を寄せる。

悪夢のように漂っていたダフネの残り香を、父の匂いが消した。


「何を考えている?」と父が聞く。

私は黙って首を振る。今は父と二人。ダフネのことなど忘れよう。

食後、私たちは音楽を聴く。

食卓から離れ、窓の側のゆったりとしたソファで、父の膝に抱かれて、いろいろな曲を聴く。私の膝にはプゥが居る。

「下に行くと私は殺されてしまう?」と父に聞いてみる。

「ばかばかしいことだが、目の見えないのは魔女のしるしだと思われているのだよ」

「魔女って？」

「『魔法使い』という言葉は知っているかい？」

「……うん」

「『うん』ではなく『ええ』だろう？」

「ええ……」──父は言葉にうるさかった。とても優しい声の響きが、私の言葉遣いを咎《とが》めるときだけは冷たくなる。父に疎まれるのは何にもまして恐ろしかった。

「『魔女』は女の『魔法使い』だ」と父は言った。

とたんに思い出した。「知ってる！」と私は叫ぶ。「『いばら姫』の魔女！」──魔女とダフネが重なり、私は震えた。そうだ、ダフネは魔女なんだ。

「魔法使いはいろいろなことができるから……」と父の声。「みな怖がって……怖いから見つけると殺してしまう」

「私は魔女じゃない！　それに……何も……できない」

「皆はできると思うのだよ。勝手にね」

「私は魔女じゃない！　魔女はダフネだ！」

「『ダフネだ』ではなく『ダフネよ』と言いなさい」と父は私を膝から下ろした。「さあ、文字の時間だ。では今日は『魔女はダフネよ』と書いてみよう」

プゥを椅子に坐《すわ》らせて、木箱から木札を出す。

目が見えなくなる前に、私が幾つかの文字を知っていたことを、父はとても喜んでいた。

「目が見えなくなってから、形を憶《おぼ》えるというのはとても大変なんだ。少しでも知っていれば、そこから広げられる。レイアは本当に賢い娘だ。三歳から文字を知っていた娘なんていないよ」と。「でも色と同じように、忘れないようにしないとね」

でも、私の知っている文字はほんの少しで、いちばん簡単な文字なのだそうだ。

父は「もっと、もっと知らないと、いろんなことを知ることができないよ」と言った。それでも「文字の形を知っているということは、とても偉いことだ」と何度も言い、褒めてくれる。それに文字の形を知っていれば「もっと難しい文字を憶えるときにも、とても便利なんだ」と繰り返した。

だから毎日「文字の時間」に「お勉強」をする。私の知っている言葉や、父の言った言葉を木箱から選び、その通りに並べていく。

木箱には仕切りがあって、右の上から順番に木札が並んでいる。一枚に一つの文字が彫られている。どの札も五枚ずつあると父は言う。「五枚」とは歩いて「五歩」と同じ数だというが、私にはまだよく分からない。

木札は私の掌より少し小さく、四角い。表面をなぞると文字がへこんでいるので何の文字か分る。最初は分らなかったけれど、今は指先で触ってすぐに分るようになった。触るとその文字の形が頭に浮かぶ。木箱のどの辺りにどの文字があるのかも分るようになった。

取り出しながら「まじょはだふねよ」と絨毯《じゅうたん》の上に木札を並べた。

父はとても可笑《おか》しそうに笑いだした。でも私は不安だった。

ちゃんと並べられたという満足感とともに、ダフネに見られたら……と思うと恐ろしくなった。

ダフネは突然現れることがあるのだ。それも、私がダフネには会いたくないと思っているときに。きっと厚い絨毯の上をこっそりと近づいてくるのだと思う。最初に香り……そしてあの声……

私は慌てて木札を崩す。

「おや、もうお仕舞いかい？　では今度はレイアの知っている色の名前を並べてごらん」

私は「あお」、「みどり」、と並べていく。

「文字の時間」は、すぐに疲れて、あまり好きじゃない。でも、その間は、父がずっと側に居てくれるので我慢する。独りで居るときよりずっといい。ダフネと居るときより、ずっと、ずっと、いい。それにお勉強のときには、父の手がいつも肩や膝《ひざ》にあった。そして父はいつも私を褒めてくれる。褒めながら抱きしめてくれたり、撫《な》でてくれたりする。それはとても気持ちが良い。それに、これが終れば、雨でないときはベランダから中庭に出て、父と一緒に駆けたり、芝生の上で転がったりすることができるのだ。

「みずいろ」は薄い青、「きいろ」は……傘の色だった……世界は明るく、あたたかく、鳥の声も聞こえるから、今日は晴れている。お昼は中庭で食べられるだろう。

中庭での昼食を、父は「ピクニック」と言う。

ジュースやサンドウィッチや果物の入った大きなバスケットを持って、ベランダの階段を降りていくのだ。

私たちが陣取るのは、階段のすぐ側の崖《がけ》と垣根に囲まれた芝生だ。

広さは居間と同じくらい。階段の右側は崖になっていて、そこにもときどき登る。木の根っこや草に掴《つか》まって登るので、プゥは連れて行かれない。そこはとっても大変で、私はまだ小さいので少ししか登れない。

父は「垣根の向こうにも庭はずっと広がっている」と言うが、そっちには行かない。垣根の向こうは一階に居るダフネや兵士たちに丸見えなのだという。でもここだけは垣根のお蔭《かげ》で隠されている。だからとても安心だ。

　中庭にダフネが来たことはない。陽射しの強いときには眼鏡をかけなければならなかったが、中庭は大好きだ。父と二人だけ。エプロンの上にサンドウィッチの中身をこぼしても、怒られない。

「おや、大きな卵が落ちちゃった」とか「トマトが逃げだしたよ」とか、父は笑うだけだ。

　イチゴやリンゴやバナナは知っている。知らない果物は父が教えてくれる。今日食べたのはラズベリーで、イチゴより小さい。「強く触ると潰《つぶ》れてしまうよ」と言われたのに、最初の一つは潰してしまった。ぶつぶつしていてとても変な感じだ。触るとその形をボードに描く。粘土でそっくりに作ることもある。ラズベリーはよく分らなくて巧《うま》く描けない。父の声の調子で分る。でも食べたらとても美味《おい》しかった。

　芝生の上に置かれた大きなクッションに寝ころがり、プゥを抱いてうとうとするのはいい気持ちだ。雨だったり、寒かったりで、しばらく外に出なかった。

　風は冷たかったけれど、強くはない。お日様はあたたかく、ときおり樹の葉や枝のざわめきが聞こえる。それに鳥の声！

　餌台にはいつも雀が群がり、大変な騒ぎだ。ときどき、羽音と共に鳩やヒヨドリ、それにメジロの声も混じる。ヒヨドリは鳩くらいの大きさで黒っぽい鳥、メジロは雀くらいの大きさで、頭から背中にかけて綺麗《きれい》な黄緑だという。目の周りに白い輪があるので、とても可愛く見えるそうだ。鳴き声も可愛い。昼食の後には、残ったパンや果物を置いておく。栗鼠《りす》も来ると父は言うが、私は栗鼠を知らない。「絵本で見なかったかい？」と父に聞かれたが、忘れてしまったのかもしれない。とんと餌台に飛び下りる音、それに樹を伝うかさかさという せわしい音が栗鼠だ。

風はお花の香りも運んでくる。この間までは草と土の匂いしかしなかった……

ダフネ……ダフネの香りだ！

私は飛び起きた。父の手がすぐに膝に触れた。「どうした？　レイア」

「ダフネが居る」と私は小声で言う。

「居ないよ」と父の声。「私たちだけだ」

「ううん、居るの」

「どこに？」

「右の方」と、私は香りのした方をそっと父に告げる。「ほら、また……ダフネの香りよ」

驚いたことに父は笑いだした。そして私を抱き上げ、香りのする方へ十歩以上歩いた。私は父にしがみつく。

「大丈夫」と父は言い、「ダフネじゃないよ」と私を下ろした。

でもダフネが側に居るように、私はダフネの香りに包まれる。

「お花だよ」と父は言い、私に触らせた。肩くらいの高さだ。『沈丁花《じんちょうげ》』という花だ。ここがお花。とても小さなお花が集まっている。一つのお花はラズベリーより小さいよ。レイアの小指の先くらいだ」

湿った塊に触れたが、お花のように柔らかくはなかった。それにこの香り……「いや！」と叫んで父の足にしがみつく。

「おやおや、そんなに嫌われたら沈丁花が可哀相だ。やっと咲いたのに。ふむ、確かに似ているけれど、少し違うだろう？　ゆっくりと嗅《か》いでごらん」

父の足にしがみつき、顔を埋めていても香りは私を包む。そう言われると少しは違う気もしたが、でも、とても似ている。

「このお花、嫌い」と私は言った。

振り返って「嫌い！　嫌い！　嫌い！」と花を叩《たた》く。

叩けば叩くほど強い香りが私を包む。頭が変になりそうだ。

「レイア！」と、いつになく父の強い声が聞こえ、私はまた抱き上げられる。

「花を叩いたりしてはいけない。ダフネの香りと似ているからって、この花のせいじゃないだろう？　叩くなんて、とても酷《ひど》いことだ」

「ダフネだって私を叩く」と言ったとたんに私は泣いていた。そして気持ちが悪くなり、泣きながらさっき食べた物をもどしてしまった。

私はベッドに寝かされている。

父に抱かれたままバス・ルームに行き、口を漱《すす》ぎ、顔を洗ってもらい、ベッドに寝かされた。

父は庭からプゥを連れてくると、私の横に置いてくれた。そして「寝ていなさい」と言って、部屋から出ていってしまった。

ダフネが来るのではないかと怖くなる。

私はまた大きな声で泣いてしまった。中庭でだったけど、ダフネに聞こえただろう。また涙が出てきてしまった。でも声は上げていない。プゥが涙を吸い取ってくれる。

ドアが開き、プゥを抱きしめる。でも恐れていた香りは漂ってこない。

「大丈夫かな?」と父の声。「もう気持ちは悪くないかい?」

父は温かなスープを持ってきてくれた。

「泣いたの……ダフネに聞こえなかった?」と聞いてみる。

「安心おし。ダフネは今、街に行っているそうだ。レイア……ダフネはおまえを叩いたことがあるのかい？」

私はうなずいた。

「どれくらい？」

「分らない……泣いたときと……お洋服を破って、何か壊したとき」

「叩くなんてとんでもないことだ。何をしたって……とんでもないことだ」と父は怒ったように言った。「二度と、そんなことはさせないよ。さあ、スープをお飲み。少しでも」

私はスープを飲む。おいしかった。

「レイア……私は明日《あした》、国の一番外れまで行かなければならなくなった。今度は国の外れで暴動が起きそうだという」

「はずれ？」

「城下よりずっと遠い所だよ……朝食の後から、夜遅くまで帰れないだろう。レイアと……お昼も、三時のお茶も、夕食も、一緒に摂《と》れない。ダフネに頼むしかないのだよ」

「いや！」

「でも、独りでずーっとは居られないだろう？　お腹も空《す》くし、喉《のど》も渇く」

「平気よ！」と父にしがみついた。とたんに膝の上に載っていたお盆が動いたようで、父が「わっ」と言って、私から離れた。

「スープ、こぼした？」

「あやうくセーフだ。いや、大丈夫だったよ。でも、こぼしていたら火傷《やけど》していたかもしれないね」

父がまた私を抱いてくれた。

「……火傷は前に言ったね。とても痛いのだよ。レイア、ダフネは怖いかもしれないが、君を独りでずっと置いておくのは心配だ。君は目が見えないんだよ。今のように、スープがこぼれて火傷をしたらどうする？　何かにぶつかって怪我をするかもしれない」

「今までだって、おとうさまが城下に行っているとき、独りで居たわ。独りでお昼も食べたわ」

「でも、今度はもっと長い時間だよ。朝食の後からずっと……お昼も、お茶も、夕食も……ずっと長い時間だ。レイアが夕食を食べた後にならなければ帰って来られないんだ」

「ここでじっとしている……おとうさまが帰ってくるまで動かないから……スープもこぼさない。気をつけるわ。泣かないし、静かにしてる……そうすれば独りでもいいでしょう？　ダフネが居なくても大丈夫でしょう？」

父は応《こた》えない。

「お腹も空かない」と、私は訴えた。「おとうさまが帰って来るまでここから動かない。プゥと一緒に居るから大丈夫よ」

「長い時間だよ」

「平気よ」

父はまた黙ってしまった。私は胸がどきどきしてきた。ダフネとずっと一緒なんて厭《いや》だ。それなら独りの方がいい。

「ダフネに話してみよう」と父はようやく言った。「私が帰るまで二階には上がらないようにとね。でも、本当に大丈夫かな……何かあったら、この輪を引くんだよ」

私はうなずく。大丈夫だ。

♠

翌日……朝食の後で、ダフネが入って来る。

食器を片づけながら、すぐに私の足を蹴《け》った。「ふん、二時間もしたら泣きだしますよ」

涙が滲《にじ》んできたけど、私は泣かない。「二時間もしたら」の意味は分からなかったけれど、絶対に泣かないと決めたのだ。父は「夕食の後」になったら帰って来るのだ。

母のように死んでしまうのではない。居なくなってしまうのではない。帰ってくるのだ。夕食の後……それまでじっと待っていればいいのだ。

ダフネが出ていった後、父は私にカセット・デッキを持たせた。「テープの場所は分るね？」と聞く。

私はすぐに椅子から離れ、左に七歩、窓から伝って、窓の横の本棚へと行く。一番下の引き出しからテープを取り出すと父に示し、カセット・デッキに入れ、スウィッチを押す。

むかしむかし、あるところに、小さな女の子がおりました……

「『赤頭巾《あかずきん》』！」と言う。

「そうそう」と父の嬉《うれ》しそうな声が聞こえた。「レイアはお利口だ。テープを入れ換えることもできるかな？」

私はすぐにテープを止め、カセット・デッキの蓋《ふた》を開けると、テープを引っ繰り返して入れなおす。触ってはいけないボタンに膨れたシールが張ってある。停止、巻き戻し、蓋の開閉、早送り……もう全部憶《おぼ》えた。

いつの間にか父が側に来ていて……抱かれた。「レイアのお利口さん」と身体を揺さぶられる。「下へ行ってはいけないよ。独りでお話を聴くことができるね？　このお部屋と、隣の寝室、そこで私を待っていればダフネは来ない。大丈夫だね？」「ええ」と私は応えた。「大丈夫よ」

♠

むかしむかし、あるところに、小さな女の子がおりました……


父は今日も国の外れに行った。

最初に国の外れに行ったのはそんな前ではない。沈丁花《じんちょうげ》が咲いたときだった。沈丁花の香りはしばらく私を悩ませた。世界がダフネで埋まっているように思われたからだ。私は中庭に出るのも嫌がり、花が終るのを待った。

父はこの頃よく陛下に呼ばれ、居間で独りでテープを聴き、独りで勉強するという日が続いた。寂しかったが、遠くに行ったわけではない。すぐ下に居るのだ。

そして、今日は「南」の国の外れだという。家には居ない。

父の乗った車の音が遠ざかり、消えてしまったときには涙が滲んできたが、今はもう平気だ。

　この間は「北」の国の外れだったそうだ。「きた」「みなみ」「にし」「ひがし」というのは方向のことだけど、「みぎ」や「ひだり」とはまた違うのだそうだ。「うえ」と「した」とも違うという。私はとてもお利口で、とても可愛いから「そのうち分るだろう」と言って、父は出ていった。

　今日は私の五歳の誕生日だという。「五歳」とは「五歩」や「五枚」と同じ「数」だそうだ。

　右足を出して一歩、左足を出して二歩、もう一度右足を出して三歩、もう一度左足を出して四歩、もういちど右足で五歩……それと五歳と五枚が同じ数だというのはまだ分らない。でも分らなくてもテープは聴くことができる。

『赤頭巾』はさっきも聴いた。引き出しの中には『蛙の王様』と『いばら姫』、それに『白雪姫』が入っている。

　お話は全部、父がテープに入れてくれたのだ。何度も聴いた。分らない言葉も父が教えてくれる。忘れてしまってもまた父が教えてくれる。でも、今日は父が居ないから忘れた言葉を独りで思い出さなければならない。――「はしばみの生け垣」ってどんなふうだったろう。父の声を聴いていると、父が側に居るような気がする。でも尋ねることはできないのだ。

音楽のテープもある。ピアノとフルートとヴァイオリンのだ。テープでなければもっとあるのだけれど、そっちはまだ私には「扱えない」と、父が言う。

お腹が空《す》いたので、お昼を食べた。

お水も、ジュースも、サンドウィッチも、こぼさなかったと思う。

テーブルの上には、お水とジュースの入ったポットがあり、その横にお昼用のサンドウィッチの入ったランチ・ボックス、お茶のときのお菓子の入ったランチ・ボックス、それにお夕食のランチ・ボックスと並んでいる。

私が火傷をすると困るので、熱いお茶はないけれど、お菓子はいつもより多いので嬉しい。

下からはときどき、音が聞こえてくる。

音がするたびに、私はダフネが来るのではないかと思い、息を潜める。

「何か、困った事になったら、ベッドの上の輪を引くか、大声でダフネを呼ぶんだよ」と、父は何度も心配そうに言ったが、困った事になんかならない。独りでも平気だ。おとなしく待っていれば、父は帰ってきてくれる。話したいときはプゥと話す。

今日は大丈夫だ。

この前のときはダフネが来てしまった。

独りで居ると、朝からお夕食までがこんなにも長いとは思わなかったのだ。お夕食は外が暗くなってからと知っていた。でも何度窓の所に行っても明るかった。世界はずっと青と緑のまま……

魔法使いや魔女は何でもできる……ダフネが呪いをかけて、夜をなくしてしまったのだと思った。夜にならなければ父は帰ってこない。父を帰らせないために、ダフネは夜をなくしてしまった。

そう思うと泣きたくなった。

随分と我慢はしたのだ。お話を聴き、音楽を聴き、文字も並べた。でも世界は青と緑だ。

そして「よるがこない」と木札を並べたとき、それは本当のように思われた。もう夜は来ないのだ。そして涙が溢《あふ》れ、お仕舞いだった。

そんなつもりではなかったのに、大声で泣いていた。両手を摑《つか》まれ、立たせられ「お黙り！」と言われ、私ははじめてダフネに気づいた。泣きすぎてドアの開く音も、ダフネの香りにも気がつかなかった。

「夜が来ない」と私は泣き、ダフネの声に驚いた。

「馬鹿な娘。もう夜じゃないの。真っ暗じゃないの」

たしかに世界は青と緑ではなくなっていた。黒と灰色……泣いていた間に夜になったのか……ダフネが魔法を解いたのか……

ダフネは私に水を飲ませ、椅子に坐《すわ》らせた。

「強がりを言ったって、やはりだめだったじゃないの。『おとうさまが帰っていらっしゃるまで、独りでも平気』だって？　笑わせるわ。鼻をかんで！　さっさと食事をしなさい！　ティッシュが屑籠《くずかご》から外れたわ！　ちゃんと屑籠を確かめてから捨てるように言ったでしょう。だらしのない娘ね。床にお菓子も落ちてる。穢《きた》ない娘だわ！　泣きやみなさい！　叩《たた》かれたいの!?」

私が泣きやみ、食事をしている間も、ダフネは居り、酷《ひど》い言葉を言い続けた。

今日は大丈夫だ。

私が我慢さえすれば、夜は来るのだ。父は言った。「ダフネにそんな力はない」と。この間だって、ほんのもう少し、我慢していれば暗くなっていたのだ。そして私は独りでお夕食を食べ、ちゃんと独りで父を待っていられたのだ。

『赤頭巾』が終ったので音楽のテープをかけた。フルート……『精霊の踊り』という「名曲集」だ。名曲集とは、いろいろな曲が入っていることを言うそうだ。一曲ごとに父が曲名を言ってくれたが、私はまだ憶《おぼ》えていない。

城に居たときはテレヴィがあった。忘れてしまったけれど、面白かった気がする。歌や踊りや、象やキリンを見た。もう目が見えなくなったのだから、テレヴィも見えないけれど、歌は聴くことができる。ここにもあればいいのにと思う。そうすれば同じお話や、曲ばかり聴かなくて済む。でも我慢しよう。父さえ帰ってくれれば、新しいお話を読んで聴かせてくれるし、知らない曲も聴くことができるのだ。

ベランダに出る窓の横にはピアノがある。最初はつるつるとしたとても変な形のものだと思った。蓋を開ければ、キーを弾くことができる。父は弾き方を教えてくれた。真ん中の二つ飛び出した棒のすぐ左が「ド」だ。ドレミファソラシド……ずっとその繰り返し。右に行くと音は高くなり、左に行くと低くなる。

ドレドレドミドミドファドファドソドソ……両手で弾いていく。「これが全部同じ速さで、きちんと弾けるようになったら、曲も弾けるようになるよ」と父は言った。父はいろいろな曲を弾いてくれる。曲以外にも「風の音」や「雨の音」、それに「私の歩き方」というのも弾いてくれる。私も真似をするけれど、巧《うま》くできない。今だってドラドラから先が巧くできない。

お腹が空いたのでお菓子を食べる。

物を動かさないように、そっとテーブルの上をなぞる。しゃがんで椅子の周りもなぞる。何もこぼしてはいない。大丈夫だ。

プゥと窓の側に行くと、陽があたたかい。まだ夜にはならない。

父が居ないときにはベランダや中庭に行くことも禁じられている。父は「出たくなったらダフネをお呼び」と言った。出なくても平気だ。

窓が閉まっていても鳥の声は聞こえる。鳥の声がしている間は昼間だ。梟《ふくろう》は夜遅くにならないと啼《な》かない。梟が啼く前に父は帰ってきてくれると言った。でも窓が閉まっているから梟が来ても怖くない。今日は泣かない。絶対に泣かない。

南の国の外れで父は国民たちを「説き伏せる」のだそうだ。「暴動」を起こさないように。「静かに暮らすように」と……

父はこの国の王だったから、父の顔を見れば、国民たちは安心するという。父の言葉には従うのだという。だから父はよく「城下」へ行き、そして遠くの国の外れにも行くのだ。

国民にとても慕われているので、国を奪われた後も兵士たちは父を殺すことができないのだそうだ。

それを聞いたとき、私は泣きそうになった。父を殺す……父が殺され……居なくなってしまったら……消えてしまったら……そんなことは耐えられない。

「そんなことにはならないよ」と父は私を抱きしめて言った。「私を殺したりしたら、兵士たちが国民にやられてしまう」

そのかわりときどき城下に行って、国民たちに顔を見せたり、「暴動」が起きそうになると静めに行くのだそうだ。

「でも、本当はね」と父は私に囁《ささや》いた。中庭に居たときだ。「ダフネや兵士たちには内緒だが、力を蓄えているのだよ」と。

「『蓄える』って？」と私は聞いた。

「戦えるようになるということだ。私たちを助けることができるようになるということだ。そうしたら、私たちはまた城に帰ることもできるし、どこへでも行くことができるようになるのだよ」

「私が下におりることも？」

「下にでも、どこへでも」

「動物園にも？」

「動物園に行ったのかい？」

「おとうさまとおかあさまと行ったじゃない」

そう言いながら、私はあまり憶えてはいなかった。一緒に行ったのは父と母だったろうか？　象やキリン、それに虎は憶えている。キリンや虎の黄色……

「そうだったね……」と父は言った。「でも、今はだめだ。ダフネや兵士たちを倒せるくらい、国民が強くならないとね。今『暴動』を起こしてもやられてしまう。まだ弱いからね。力を蓄えなければいけないのだ。そうして私たちが……私とおまえが生きていれば……国民たちも『圧政』に耐え、『戦力を養う』だろう」

——父の言葉はときどき難しくて分らなくなる。でも、父と私がここで生きていることが大事なのだそうだ。

この国は戦争で負け、今は隣の国の兵士や、ダフネたちがいばっている。母は私を連れて逃げようとして死んだ。憶えている……母と車に乗り、びゅんびゅん走った。そして母が叫び……その後はよく分らない。私の目は見えなくなった。

そして今、父と私は「冬の離宮」だった、この別荘に「監禁」されている。

また泣きそうになる。他のことを考えよう。

父は「城下」に行くといろいろな物を買ってきてくれる。お昼を独りで食べるのは寂しいけれど、行くたびにいろいろな物を買ってきてくれる。

「国民たちを静めた」かわりに、買い物を許されるのだそうだ。プゥも連れてきてくれた。文字の木札や粘土、それにたくさんの本、洋服……

またお話のテープを入れる。

むかしむかし、あるところに、王様とお妃様《きさきさま》がいました

――『いばら姫』だ。

世界はまだ青と緑……でも窓からのぬくみはなくなってきた。夕方になったのだろうか？

お菓子のランチ・ボックスにバナナがあったのを思い出して食べた。ジュースを飲み、まだ残っていたバナナも食べてしまう。皮もちゃんと屑籠に捨てた。こぼしてはいない。

『いばら姫』のお姫様は針を刺して眠ってしまう……お城に帰ってきた王様もお妃様も、家来も、馬も、犬も、鳩も、蠅も、みんな眠ってしまう。私も眠くなってきた。プゥを連れてベッドに行く。

父の声で目が醒《さ》めた……父の声……父の声！　私はしがみつく。

「そんなにしがみついたら息ができないよ」――父の声！　父の香り！

「お利口にしていたかい？」

「独りでちゃんといたわ！　泣かなかった！　ダフネもこない。ちゃんと待ってた！」

「偉い！　レイアは偉い！」

父は私を抱き上げ、ぐるぐるとまわった。踊っているみたいだ。私は嬉《うれ》しくて笑いだす。とても嬉しい。独りでちゃんと居ることができた。眠ってしまったけど……眠ってしまえばすぐ夜になるのだ。ダフネに勝ったような気がした！

「私の大事な姫君」と父はまわりながら限りなく優しい声で言った。「いとしい、いとしい姫君、居間に行こう。今日はおまえの誕生日。今夜はワルプルギスの夜。ワルプルギスの夜だ！」

父はとても嬉しそうだった。何度も何度も私を抱いたまままわりつづけ、そして囁いた。

「プレゼントがたくさんあるよ。お誕生日のプレゼントだ。お夕食を食べてないね。いつから寝てしまったのかな？」

「バナナを食べてから」

「ほお、バナナをね。可哀相に、冷たいものばかりだったね。あたたかい美味《おい》しいお茶を一緒に飲もう。それにプレゼントだ！」

ドアの向こうから声は聞こえていた。

ワンワンだ！　なんて素敵なプレゼント！

ワンワンの毛は毛布より柔らかくてあたたかく、舌もあたたかいけれどびしょびしょだった。ワンワンは弾んだ声で「ワン！」と啼くと、私の顔をぺろぺろと嘗《な》め、前足をせわしなく動かして私の胸からお腹まで掻《か》いた。坐《すわ》っているときのプゥくらいの大きさだけど、動いて啼き、私を嘗める！

「レイア」と、父が言った。ワンワンがようやく静かになったときだ。「もう五歳になったのだからね、『ワンワン』などと言ってはいけないよ。『ワンワン』ではなく『犬』だ」

「いぬ」と私は繰り返す。「ワンワン」でも「いぬ」でも、どちらでもいい。嬉しくてたまらない。

「正確にはね」と父は続けた。「オーストラリアン・シルキー・テリアという種類の犬だ。形や毛の感じは分るね？　色は……色は……黒。真っ黒じゃないけれど、灰色に近い黒だ……レイアが暗闇の中で見える色と言っているのに近いんじゃないかな？」

「ワンワ……」と言いかけて、私は慌てて「いぬ」と言い換えた。「オースランシキーア？」

「違う違う」と父の声。

「いぬ」は今、私の膝《ひざ》に頭を載せ、私はその素晴らしく柔らかく、あたたかい、背中の毛を撫《な》でている。

父はゆっくりと「オーストラリアン・シルキー・テリア」と繰り返した。

「オーストラリアン・シルキー……」

「テ、リ、ア」

「テリア」

「そう、テリア種の犬だ。今日からレイアのお友達だよ。レイアの家来、レイアの騎士だ」

「レイアのきし？」

「レイアを守り、レイアと常に一緒に居る。いつも一緒だ」

「いつも一緒……」と言いながら、私はまた「ワンワン」と言いかけてしまう。顔を「いぬ」の毛に埋めると、柔らかな日向《ひなた》の匂いがした。

父は「まだ赤ちゃんだ。レイアより、もっと小さいんだよ。この犬は」と言う。

「だからレイアと同じように、いろいろと憶《おぼ》えなければならないし、面倒もみてあげなければいけない。レイアにもできるかな？」

「できる！」と言ってから、不安になった。「何をするの？」

それから私たちは犬のためにいろいろなことをした。

父は使わなくなった暖炉の中に犬のトイレを置き、ピアノの下に食事をする場所を作ってあげた。ピクニックのときのようなシートを敷いて、お盆を置く。私はお水の係になる。いつも容器にお水が入っているかどうか気をつけるのだ。ピアノの下に潜ってみるから、小さい私には打って付けの仕事だと父は笑った。

右の容器は変な匂いのするビスケット、左の容器がお水だ。犬はすぐにビスケットをばりばりと食べ、お水をぴちゃぴちゃと飲んだ。

食べ終ったようで静かになると、父は「さあ、これがいちばん大事なことだ」と犬を抱いたようで、「わん」と私の頭の上から声が聞こえた。「レイアもおいで」と、手を取られる。

「トイレを憶えないとね」と父は言う。「他の所でお粗相してしまうと大変だからね」

私は「ダフネが怒るわ」と言い、自分の言葉に不安になった。

私はまだときどきお粗相してしまう。父のときは「おやおや」と言われるだけだが、ダフネに見つかったときは大変だ。この犬も私のようにずっと怒られたらどうしよう。

こんな小さな犬だから、きっと私より怖がるだろう。

私たちは暖炉の前に坐り、父は犬をトイレに入れた。足踏みしている音が聞こえる。

「憶えた？」と、聞いてみる。

「いいや、まだ」と父は言う。「匂いがしないだろう？」

私たちは暖炉の前で犬がちゃんと中でするまで見張ることになった。すぐ出てきてしまう犬を、父と私がまたトイレに戻すのだ。

父は「一度すれば憶えるからね」と言う。「さあて、この間に名前を考えてあげよう」

「いぬじゃないの？」

「犬の名前だよ。くまさんにもプゥという名前があるだろう？」

「じゃあ『プゥ』」

「同じ名前じゃ、どちらのことか分らないよ。レイアだって『レイア』と名前があるだろう。『プゥ』はくまさんの名前、『レイア』はここに居らっしゃるとっても美しい姫君の名前だ」

「なまえ……」と、言ったとたんに私は混乱した。

私は……「レイア」、くまさんは「プゥ」、父は……父の名前が分らなかった。父の名前……「父」や「おとうさま」が名前でないのは知っている。物語にも「父」や「おとうさま」が出てくるから。母は……おかあさまの名前は……何といったろう……

「おーき」……「おーき」だ……他の人が「おーきさん」と呼んでいた……いえ、物語では王と妃……おきさきと呼ぶ。分らなくなった……おとうさまは……おかあさまはおとうさまのことを「あなた」と呼んでいた。「あなた」は名前ではないと思う。「あなた」……それに、おかあさまが私に話すときには「おとうさま」……いや「とうさん」だったかしら……分らない……ダフネは……ダフネは……そう……「王様」とか「王」だ。「王様」や「王」も名前ではない。父とは城に居たときあまり会わなかった。今はいつも一緒だけれど、城に居たときは私はいつも母と一緒だった。でも父の名前を知らないというのは変ではないか？　忘れてしまった……

「おとうさま」と言うと、「思いついたかい？」と声。

「おやおや、困ったようなお顔だね。何でもいいから言ってごらん」

「ううん」と首を振ってしまう。聞きそびれてしまった。何だか、父の名前を聞くことは……うまく言えないけれど……父の言う「失礼」なことのように思われた。

父は「考えても浮かばない？　困ったねえ」と言い、私の膝に載ってきた犬をまたトイレに戻す。「では、私が付けてもいいかな？　いつまでも名無しじゃ可哀相だからね。ふーむ、黒い犬だからブラック……呼び辛《づら》いな……今夜はワルプルギスの夜……」

──父の声がとても弾んだ。「記念すべき夜だ！」

「わるぷぎの夜？」

「え？　いやいや違うよ」と言った父は、なぜかとたんに黙ってしまった。「おまえには関係ない……闇夜だ……ダークネス……ダーク……そう、ダークがいい。呼びやすい。ダークはいかがでしょう？　お姫様」

私はうなずきながら、まだ父の名前を思い出そうとしていた。黒い犬がなぜダークなのか分らなかったが、説明を聞く前にぷーんと尿の匂いがした。

「偉い、偉い」と父が言う。「命名と同時にトイレも無事終了だ。少し匂うが、しばらくこのままにしておこう。ダークがちゃんと憶えるようにね」

ダークははしゃぎ、歩きだした私の足の周りを走って、とてもくすぐったい。

ダークを蹴《け》らないよう、そして私も転ばないようにと、父から言われながら歩く。抱きたくてしかたがなかったけれど、ダークはとてもよく動くので、落としてしまったら怖い。ちゃんと坐《すわ》ったら、すぐに抱こう。父は「まだまだプレゼントがあるよ」と私を食卓に導いたが、ダークだけで充分だ。とても嬉《うれ》しい。

椅子に坐ったとたん、父がとても怖い声で「こら！」と言った。一瞬、ダフネを思い出し、竦《すく》んでしまう。「クーン」とダークの声。

「利口な犬だ」と言った父の声は柔らかかった。「椅子を伝って食卓に載ってしまったよ。さあ、ダーク。ここに載ってはいけないよ。分ったね」

「私の膝に載せるのもだめ？」

「椅子に坐っているときはだめだ」と断固たる声。「そう決めないとね。食事のときにも膝に載ったら食べられないだろう？　ダークと仲良く暮らすには、約束も大事だよ」

「ダークはどこ？」

「私の足元に坐っているよ。お腹も一杯になって、眠くなってきたのかもしれない」

私の足は椅子にきちんと坐ってしまうと床に届かない。ぶらぶらした足がとても寂しく感じられた。

「床に坐ってダークに触りたい」

「他のプレゼントも開けようじゃないか！」と父はもうダークのことなど忘れたようにうきうきと言った。「今日はレイアのお誕生日だ。手を伸ばしてごらん。食卓の上はプレゼントで一杯だ。大きなケーキもあるよ」

今夜の父はいつもと違う。

♠

それからずっと、私はダークに夢中だった。いえ、今だってダークが大好きだけど、とにかくしばらくの間は一日中、ダークのことで頭が一杯だった。

父は一階に降りる階段の前と、中庭の垣根の端に柵《さく》を付けた。

だからダークの行動範囲は私と同じだ。

眠るときも一緒に寝る。右にプゥ、左にダーク。プゥはしばらく放っておかれたので、すこしむくれている。ダークが来てから、夜、独りで眠るのも平気になってきた。ダークは私の騎士。プゥと一緒に私を守ってくれる。

ダークはお利口で、自分の名前もすぐに憶《おぼ》え、呼べばすぐに来てくれる。お粗相もしないし、食事のときには父の足元でおとなしくしているという。いろいろな決まりもすぐに憶えた。私よりお利口だ。でもダフネにもなついているのが不思議だ。だから、ダフネからは守ってくれない。私と同じように小さいからしかたがないのだろう。

ダフネの方はあからさまにダークを嫌っている。

ダークを最初に見たとき、「この娘だけで大変なのに、また生き物を増やしたんですか」と冷たい声で言った。「私は知りませんからね。下には降ろさないでくださいよ」

ダークが甘え声を出しても知らん顔だ。決して名前も呼ばないし、もしかしたら私にするように、父の見えないところで蹴ったりしているのかもしれない。でもダークはダフネにも機嫌のよい声を上げる。不思議だ。

私の勉強はダークが来てからずいぶんとおろそかになった。

ダークと遊びたいと思うから、集中できない。すぐに厭《いや》になる。それに父のプレゼントにペンがあって、お勉強は難しくなった。紙に書くと、書いたとおりに膨れるペンだ。指でなぞると線が盛り上がっているのだ。

父はとても嬉しそうに「これでレイアも紙に文字を書けるようになる」と言った。でも木札を読み取るのと違って、自分で書くのはとても難しい。

「おやおや、レイアは文字を忘れてしまったのかい?」と父はがっかりしたように言った。「ちゃんと木札を並べられたのに。ダークの方がお利口さんだね」

「ダークと遊びたい」

「もう少しやろう。指でなぞってごらん。とても変な形になっているよ。文字を読めたのだから、書くことだってできるはずだ。頭に思い浮かべて、そのとおりに書けばいいんだよ。ほら、曲げた線と斜めの線がばらばらだ。ちゃんとなぞってごらん。何の文字か分らないよ」

「『いや』って書いたの」

「レイア……ダークだって、お坐りをして、レイアのお勉強が終るまで、我慢をしているのだよ」

「でも、もう疲れた」

私はペンを止めた。窓からは爽《さわ》やかな風が入り、鳥や蝉の声が聞こえる。芝生の上でダークと遊びたい。

ダークの動く気配がし、がちゃんとドアのノブが回る。私はペンを握りしめる。甘い香り……ダフネが入ってきた！

「国務長官がおみえです。下にいらしてください」

「そう……レイア、席を外すが今度は色の名前を書いてごらん。思い浮かべながらだよ」

ドアが閉まった。

私はペンを握ったまま、じっとしている。香りは薄れない。

「何をしているの」——ダフネは居る！　なんてことだろう。私は慌てて「あか」と書く。チューリップの赤。

「答えなさい！　何をしているのかと聞いたのよ」——ダフネが寄ってきた。

「お勉強」——見れば分るじゃないのと思いながら、私は夢中で「あお、みどり、きいろ、ちゃいろ、くろ」と書いていく。もう一度「文字のお勉強」と言いながら「黒の濃いのは真っ黒、赤の濃いのは真っ赤というのだよ」と父の言葉を思い出す。暗闇だと感じるのは黒といろいろな濃さの灰色が瞼《まぶた》に入り交じったときだ。真っ黒というのは知らない。もっと濃い黒……きっとダフネの色だ。「まっくろ、まっくろ、まっくろ」と書いた。

「ふん、見えもしないのに」とすぐ近くで声がした。「文字を書いたってしかたがないじゃない。無駄なことばかりして」

「触れば分るの」と言いながら私は文字をなぞった。「ま」はこんなじゃない。ダフネの視線を感じながら、丁寧に書く。ダークの尻尾《しっぽ》が爪先《つまさき》を叩《たた》く。ダフネに尻尾を振っているのだ。ダークの馬鹿！

ダフネはノックもせずに突然入って来る。父は私にはうるさく言うのに、ダフネには言わない。不公平だ。国務長官と言っていた……車の音も聞こえなかった。歩いてきたのだろうか？　それにいつも下に呼ばれるときは父のポケットでブザーが鳴るのに、きょうはダフネが呼びに来た。なぜだろう？　国務長官ってなに？……父は苛《いじ》められているのだろうか？　また遠くに行くのだろうか？　もっともっと遠く……厭だ……色のことを考えよう……父の好きな色は紫と聞いた。

「むらさき」と書いてみる。

私は紫色を知らない。父に聞かされたとき思い出せなかった。父は「お花だと、菫《すみれ》とかラベンダーの色だよ」と言った。

父は「薄い紫は藤色ともいってね、藤の花は知らない？　紫陽花《あじさい》も？」と言った。

「紫陽花は知ってる。青……それにピンクよ」

「紫はね、青と赤を混ぜた色だ。明るさと濃さで微妙に違うけれど、簡単に言えば明るい青と赤で藤色、暗い青と赤で紫になる」

青と赤が混ざった色なんて分からない。考えても分からなかった。父は「残念だね、とても綺麗《きれい》な色なのに」と言い、それからも「桔梗《ききよう》、アイリス、ライラック、桐、てっせん、ルピナス……」と紫のお花を思い出すと私に言った。私はお花の名前もそんなに知らない。ようやく見当がついたのが中庭でのピクニックのときだった。

「そうだ、葡萄《ぶどう》！　葡萄は知っているね？　あれが紫だ」

——葡萄は知っている。緑色だった……いや、赤っぽいのもあった。黒っぽいのも……紫色は赤っぽく黒っぽいのだろうか？　そう聞いてみると、父は笑いだしたが「まあ、近いかもしれないね」と言ってくれた。

父は続けた。「紫色は葡萄の色……ときどき思い出して忘れないようにしなさい。記憶にある色や形を忘れないように」

「むらさき」「ぶどうのいろ」と書く。ダフネはまだ側にいる。

「私の好きな紫色はね」と父は言った。「菫色とか鳩羽色とか呼ばれる紫だ。色の名前だけでもたくさんあるのだよ。色の名前をレイアが理解するのは難しいかもしれないが、物の名前や表現は増やすことができる。言葉は知れば知るほど、世界が広がり、レイアの思っていること、聞きたいことも、正確に、そして楽に言うことができるようになるのだよ。いろいろな物語を聞いて、レイアはここに来てからも随分と言葉を憶えただろう？」

「すみれいろ」「はとばいろ」と書く。

物語……物語は大好きだ。父はこのペンで『ラプンツェル』を紙に書いてくれている。もうすぐ出来るという。『ラプンツェル』はやはりお誕生日に貰《もら》った本だ。父に読んでもらい、とても面白かった。

私は父に「テープに入れて欲しい」と言った。そうすれば、独りのときも聴くことができる。でも父は「このペンで紙に書いて、レイアが指でなぞって読むことができるようにした方がいい」と言う。

物語は聴くのと読むのではとても違うのだそうだ。

父は「一字ずつなぞって読むのは大変だけど、その方が同じ所を何度でもなぞれる」と言う。「独りで好きな速度で読める」とも言う。独りで本を読んだことはない。城に居たときは母と一緒に読んだ……でも何を読んだのだろう？……憶えていない……

「すみれいろ」と「はとばいろ」を繰り返して、紙の終りにきてしまった。紙をめくると木の食卓だ。知らないうちに紙を全部使ってしまった。

頭上から「ふん、ばかばかしい」と声。ダフネのことも忘れていた。夢のようだ。

食卓や椅子にふれるダフネのスカートの音が遠ざかっていく。

カサカサカサカサカサ、がちゃん、ばた……万歳！　ダフネが出ていった！

ドアの前でダークが啼《な》いている。呼ぶとすぐに来て私の爪先に湿った鼻を押しつけ、足元に坐《すわ》ったようだ。ダークはとても早く大きくなる。

父はまだ戻らない。まだお勉強の時間は終らないのだろうか。

私は紙を裏返しにして色の名前を書き続ける。不安になると、左手で木札をなぞりながら、右手でそのとおりに書く。今は見えないけれど、憶《おぼ》えている色で、いちばん鮮やかなのは黄色だ。傘の黄色……私は黄色いブーツも持っていた。母の黄色いバッグ……母の黄色い服……母の顔はどんなだったろう……

ノックの音、そしてドアが開き、父の声！　食卓に何かを置き……あの音は……バスケットだ！　そしてすぐに側に来た。

「すごいじゃないか、レイア。よく書いたね。五枚も書いた……いや、裏にも。ダフネに居てもらった方がいいのかな？」

「いや！」と言ってから、私はなぜか恥ずかしくなった。

小さい声で「独りでも、ちゃんとお勉強できる」と言う。

「そのようだ。『きいろ』なんてとても良く書けている。きっと同い年の目が見える子より上手だよ。偉い。ご褒美に今日はすぐお外だ。お腹が空《す》いただろう？」

「ええ……国務長官はどうして来たの？」

「ああ、レイアの心配するような事ではないよ。でも、明日《あした》ね、夜に城に行かなければならない。夕方から夜遅くまでだ。帰ってくるのはレイアが眠った後だ。お夕食を独りで食べられるかい？」

「ええ、大丈夫」と言ってから、すぐに「おとうさまが城下に行くときや、国の外れに行くときのようにランチ・ボックスに入れておいて！」と言う。ダフネが来るのは厭《いや》だ。父はすぐに察したようだった。

「ふーん、でもレイア、寝る前の着替えはダフネに来てもらわなければならないよ。独りでお着替えは、まだできないだろう？　それに夕方から夜中まで、ずっと独りでおいておくのも心配だ」

私は必死で考えた。

「大丈夫よ。できるわ。前がホックのお洋服なら独りで脱げる。ホックのネグリジェなら独りで着られる。それに独りじゃないわ。ダークも居るし、プゥも居る」

「おやおや、ダフネもずいぶんと嫌われたものだ」

「ダフネは怖いの、とても怖いの」

「たしかに怖いね。私も怖いよ」

「おとうさまが？」

「私より強そうだ」と父は笑うと、私を抱き上げた。「さあ、光の娘。光を浴びに行こう。それに崖《がけ》にも登ろう。草が繁ってジャングルのようだよ」

私は父の顔を触る。

父は歩きながら「どうしたの？」と機嫌の良い声でたずねた。

私はどう応《こた》えてよいのか分らず、ただ笑った。笑いながら父の顔を触っていく。私より固い皮膚。私より固い眉《まゆ》。頬はお髭《ひげ》がちくちくしている。大きなお鼻、柔らかな唇。父の顔も忘れてしまった。でも父は私の側に居る。一生懸命触ったら、文字のように頭に浮かんでくるかもしれない。

♠

お茶のあと、父はすぐに城へ行ってしまった。

テーブルにはお水とジュースのポット、それに夕食の入ったランチ・ボックスがあり、紙とペンもたくさんある。

私は独りでもお勉強できる。

城……テレヴィがあった。それからプゥより小さい熊さんも居た。積木と青いボール……白くてつるつるのテーブルと白い椅子もあった。それに鏡台……大きな鏡が付いていて、鏡の前には母のお化粧品が並んでいた。『触ってはいけない』と言われていた。鏡台の前には赤くて丸い、ふかふかの椅子があった。椅子の下には絨毯《じゅうたん》……このより薄い……灰色の絨毯……あとは……忘れてしまった……

書いた文字を指でなぞる。

てれび、ちゃいろのくまさん、あかやあおのつみき、あおいぼーる、しろいてーぶる、しろいいす、きょうだい、あかいいす、はいいろのじゅうたん……父の言ったとおりだ。文字に書くと憶えていられる。忘れないでいられる。

私は嬉《うれ》しくなって父の顔のことも書いた。……かたいひふ、おおきなおはな……でも、父は毎日一緒だ。忘れるなんてことはない。母の顔……どう書けばいいのだろう？　やめて「だふねのばか」と書く。気持ちがいい。

今朝は素敵だった。「けさはすてき」と書き、「もじはすき」と書く。私は文字が好きだ。

今朝、朝食を食べた後のことだ。

父が「今日はすぐにお勉強をしよう」と楽しそうに言った。

「音楽を聴くのは？」と私は言う。音楽を聴く方が楽しい。

「いいや、ダフネが食器を下げに来るより早く、お勉強だ」そう言うと、驚いたことに父は私の坐っている椅子ごと抱えて横に動かした。あっという間に私の前に紙が置かれ、ペンを渡される。そして父は耳元で囁《ささや》いた。

「『ダフネの馬鹿』って書いてごらん」

そんなこと……ときどき思うし……父にも言ったことがあったかもしれないけど、ダフネに向かって言ったことなどない。

「『ダフネは醜い』でもいいよ」と父は平気で続けた。

私は震えた。まるでダフネが私の後ろに居て、耳元で囁いているようだ。

「では私が書いてみよう」――そう言うと、父は私の肩ごしに手を伸ばし、私の手を握って動かした。「『だふねのばか』『だふねはみにくい』『だふねはきらい』『だふねはこわい』」

「だめ！　だめよ、おとうさま」と私は言う。今にもダフネが入って来る。こんなのを見られたら、叩《たた》かれ……前のように叩かれ……本当に殺されてしまう……左手で紙を取ろうとすると、父が止めた。

「臆病《おくびょう》さん。大丈夫だよ。ダフネは文字が読めないんだ」

私は驚いて父の方に顔を向けた。父の髪が頬に触れた。「ダフネはね、隣の国の人間だから、使う言葉が違うのだよ。この国の言葉を話すことはできるが、読んだり、書いたりすることはできないんだよ。文盲だ」

「もんもう?」

「文字を読めないことだよ」と声が離れた。「ダフネが入ってきて、それを見ても全然読めないんだ。だから何を書いても分らない。面白いじゃないか」

「ほんとうに?」

「ほんとうだよ」といつもの父の席から声が聞こえた。

父は嘘などを言わない。私は指で書かれたばかりの文字をなぞってみる。

――だふねのばか、だふねはみにくい、だふねはきらい――音! そして香り……ダフネが入ってきた! 私は文字を手で隠す。全部隠れただろうか? 胸がどきどきする。

父の声が聞こえる。

「きょうは食後すぐにお勉強だ。姫はとても勉強家だよ」

あの厭な香り……食器を重ねる音がすぐ側で聞こえる。

何かが手をちくちくと刺した。父の声。「レイア、紙を取って。お手本の紙だよ。読んでそのとおりに書いてごらん」

が手を動かさなければならない。私はできるだけ早く、手の上で動いていた紙を取り、私の紙の上に置いた。ダフネは何も言わない。良かった……悪口を書いた紙は隠された。父の書いたお手本を指でなぞる。

——だふねはいやなおんな——と書いてあった。大きな字で。心臓が止まりそうだ。

「卵をこぼしていますよ」とダフネの声。スカートが肩に触れた。「いつになったらきちんと食べられるのでしょうね」

次は——だふねなんていなくなればいい——読めないんだ……ダフネはこれを読めない。

「勉強より」とダフネの声。「こちらを先に躾《しつ》けていただきたいわ」

ダフネが出ていったあと、私たちは笑い転げた。

「レイア、分っただろう？　ダフネの前で何を書いたって平気だよ」

「お夕食の後にも書きたい！」

「きょうのお夕食は、私は居ないと言っただろう？　ランチ・ボックスはやめて、ダフネに持ってきてもらうかね？」

「いや！　明日の朝……朝食の後にする」

ほんとうになんて面白かったことだろう。

文字がすらすらと書けるようになれば、ダフネの前で父にどんなことでも言えるようになる。何を書いてもダフネには分らない。とても素敵だ。

――だふねはよめない――と書いた。ダフネは目が見えるのに読めないのだ。私は目が見えなくても読める。とても素敵だ。

ダークがくーんと鳴く。「お坐《すわ》り」と言ったのはもうずいぶん前だ。確かめてみると文字もいっぱい書いてある。

――だーくとあそぶ――と書いて椅子から降りる。

♠

夏が終る頃には、私は簡単な文字ならすらすらと書けるようになっていたし、難しい文字も幾つか書けるようになっていた。

父の書いてくれた『ラプンツェル』には知らない字がたくさん出ていた。それはとても大きな本になっていて、一つの文字は木札の字と同じくらいの大きさで書かれていた。だから指でなぞれば私にも容易に読むことができる。そして、知らない文字の横には、私の知っている字で小さく読み方が書いてあった。

父は私がすらすらと読み、新しい字も書けるようになると、横にある小さな文字の上にテープを張り、消した。

何度か読むと、全部の頁にテープが張られ、そして本はずっと読みやすくなった。

私は何度も何度も『ラプンツェル』を読んだ。読むたびに面白い。

独りで本を読めるというのはとても素晴らしい！

指でなぞれば、好きなところだけを何度も繰り返して読むことができるし、前のところをもう一度確かめたりすることも簡単にできる。それにちょっと読むのをやめて、その場面を想像したり、いろいろ考えたり、好きな速度で読める。

父にも読んであげた。父はこんな面白いお話なのに、よく忘れてしまい、時折私に聞くのだ。だから話してあげる。

ラプンツェルは魔法使いの女によって塔に閉じ込められている。私と父もダフネや兵士たちに閉じ込められている。でも、ラプンツェルはたった独りで閉じ込められているから、ラプンツェルの方が可哀相だ。私には父も居るし、ダークも居るし、プゥも居る。塔には窓があるだけで、出入口も階段もない。だからときどきやってくる魔法使いはラプンツェルの長い髪を伝って、壁を登り、窓から塔に入るのだ。

私は考える。私がたった独りで閉じ込められ、ダフネしかやってこなかったら……なんて辛《つら》いことだろう。

ラプンツェルの髪はとても長くて、十五メートルくらいだ。父に聞くと、それは寝室の壁を全部伝うくらいの長さだという。私の髪はまだ肩よりちょっと長いくらいだ。だから私がラプンツェルだったら、魔法使いを塔に入れずに済む。でも王子様もラプンツェルの髪を伝って塔に入るのだ。

夜、私はまた父に話してあげた。

父は「王子様がここに来たら、レイアも入れてあげるかね?」と聞いた。

私は「分らない」と応《こた》えた。だって王子様は魔法使いに見つかり、塔から飛び下りて目を潰《つぶ》してしまうし、ラプンツェルも髪を切られ、塔から追い出されてしまうのだ。

「おとうさまがダフネに目を潰されて、私もここから追い出されたら困る」と言った。

「王子様は木の根や草の実しか食べられないのよ。とてもみじめなの」

「みじめねえ」と父は楽しそうに私の言葉を繰り返す。「レイアの言葉を憶《おぼ》える速度はすごいね。まるで本を食べているようだ。だが、私は王子様じゃないから目も潰されないし、ダフネも魔法使いじゃないから、おまえを追い出したりしないよ」

「でも、私を殺そうとしている。私を憎んでいるわ」

「まさか」と父はまた笑った。「ダフネはたしかにあまり優しいとは言えない。たぶん人からあまり優しくされたことがないから、人にも優しくすることができないのだよ。おまえにも酷《ひど》いことを言ったりするようだが、本気ではないよ」

「本気よ！　今までだって、おとうさまが来てくれなかったら……私……」——そうだ。父が来てくれなかったら、死んでいた……ダフネは本気だった。何度も本気だった。

父が私を抱き寄せる。「こんな可愛い娘を、誰が殺そうなどと思うものか。レイア、おまえほど可愛くて美しい娘はいないよ。ラプンツェルも、白雪姫も、いばら姫も、赤頭巾《あかずきん》も、みんなおまえにはかなわない」——甘い、甘い、声……

父は私を揺すり、頬や額に接吻《せっぷん》した。そして溢《あふ》れてきた涙も口で吸い取ってしまった。

「レイア、ダフネは優しさを知らないんだ。私たちで教えてあげよう」

「ダフネに……どうするの？」

「ダフネを好きになるように努めるのだ。ダフネにだって素敵なところが見つかるかもしれないよ」

「ないわ、そんなの。字だって読めない」

「レイア、それは私が間違っていたんだ」

「おとうさまが間違うなんてことないわ！」

「いいや、レイア。私が間違っていた」と父の声は厳しかった。「おまえにも間違ったことを教えてしまった。人のできないことを馬鹿にしたりしてはいけないよ。まして ダフネは隣の国の人間だ。この国の言葉を話せるだけでもすごいじゃないか」

「おとうさまだって、兵士たちと話せるのでしょう？　隣の国の言葉を話せるのでしょう？　読むことだって……きっとできるのでしょう？」

「それは何とかできるが……でも、もっと遠い国の言葉は話せないし、読めないよ。レイア、世界にはいろいろな国があって、いろいろな言葉があるんだよ。私たちが話している言葉はその中のほんの一つなんだ。全部の言葉を話したり、読んだりということは誰にもできない」

「おとうさまにも？」

「できないよ。……レイアはリンゴやチェリーのパイが好きだろう？」

「大好き！」

「あれはダフネが作っているんだよ。私には作れないし、レイアにも作れないよね。だれにでも、できることと、できないことがある。そしてそれは、みんな違うんだ。だからできないからと馬鹿にしてはいけないのだよ」

「でも、おとうさまは……おとうさまは、とっても、いろいろできるわ」

「何でもできるわけではないよ。私が何でもできたら、隣の国にも負けなかったし、おまえもこんなところに閉じ込められなかった。私が弱かったからだ」

「おとうさまは弱くないわ。いつも私を助けてくれる」——父の言い方があまりにも哀しそうだったので、私はもっと言わなければと思った。「それに、ここに居るのは平気よ。今だってとても楽しい。おとうさまさえ居てくれれば、私は楽しいわ。ダークやプゥも居るし……ダフネが来なければ、もっと嬉《うれ》しいけど」

「おやおや、逆戻りだ」……そう言って父はまた短く笑ったが、声は前よりもっと哀しそうだった。「私のせいで、こんな良い娘が酷いめにあっている」

私はダフネのことを父に訴えすぎていたのだろうか？　と切なくなった。抱かれながら、私は父の優しさ、父の苦しみを感じていた。

父のポケットでブザーが鳴り、ダークが「わん」と吠《ほ》える。

「下に行かなければ」と私から離れた父の声は何か張り詰めていた。「おまえももう眠る時間だ。独りで大丈夫かな？」

「大丈夫よ」

眠くはなかったけれど、『ラプンツェル』の本を抱えて寝室に行く。

夜中……私はダフネの甘い香りで目が醒《さ》めた。

むせかえるほどの濃厚な香りが部屋を満たしていた。ベッドの足元の方からダフネの声がする。

「死ねばいいのよ。やはり死ねばいい……王の負担も減るだろう」いつから言っていたのだろう……ぞっとするような笑い声……そしてまた「死ねばいい」と声が続いた。毛布の下で少しずつ指を這《は》わせた。ダークが居ない！　声は続き、私は寝たふりをしている。死ぬのだろうか……と思う。胸がどきどきした。怖くて頭がぼんやりしてくる。王の負担が減る……私が死んだ方が父は楽になる……だったら……死んだ方がいいのだろうか……プゥは居る。プゥを摑《つか》んだ……また笑い声……

そしてドアが開き、閉まった。

ドアの方で「クゥーン」とダークの鳴き声。ダークの馬鹿。

♠

それからずっと、「王の負担」と言ったダフネの声は、私の頭から消えなかった。

ダフネは次の日、朝食を下げに来たけれど、何も言わなかった。

私はまた何かをこぼしていたらしい。頬にダフネのスカートが触れ、食器を取り除いたあとを、ごしごしと拭《ふ》いているのを感じたが、ダフネは、いつものように怒りもしなかった。

ダフネは父の前では、決して「殺す」とか「死んだ方がいい」とかの酷い言葉は使わない。私の粗相を咎《とが》めるだけだ。声はとても苛立《いらだ》っていたり、刺々《とげとげ》しかったり、いばっていたりするけれど、恐怖を感じるほどの怒りではない。それに父が止めてくれる。ほんとうに怖いのは、父の居ないときや、昨日のように夜中に部屋に入ってきたりしたときだ。二人だけのときだ。

私は粗相をしないように、一生懸命気をつけていた。つまり、物をこぼしたり、汚したりしないようにだ。あまり泣かないようにもなった。だから、前のように、ダフネに叩《たた》かれたりすることもなくなった。でも、気がつくと、ダフネは夜中に私を見ていることがある。そして私を「殺す」と言う。「重荷でしかない」という言葉も、また聞いた。

私は眠ったふりをしている。殺されてもいいと思うこともある……ダフネがそれほど殺したいのなら……父の負担が減るのなら……死ぬのは……ただ消えるだけだもの……

ダフネはつぶやき、そして出ていく。いえ、今日は出ていったというべきか。ダフネの言葉は、ほんとうにそう思っている言葉だ。

私はもう泣かないし、父にも言わない。これ以上、父の負担を増やしたくない。

私は父の負担になっている……「負担」という言葉は知っている。『ヘンゼルとグレーテル』の本を読んでもらったとき、父から説明してもらった。飢饉《ききん》になって、食べる物もなくなり、ヘンゼルとグレーテルは継母《ままはは》の負担になったのだ。だから森に捨てられた。

私も父の負担になっている。重荷になっている。私は目がみえない。食べ物はいつもたくさんあるけれど、きっと私はヘンゼルやグレーテルよりも父の負担になっているのかもしれない。

本も父に読んでもらっている。自分で読む本や、自分で聴くことのできるテープも、父に作ってもらわなければならない。ピアノも弾いてもらったり、教えてもらったりする。洋服も着せてもらう。お風呂《ふろ》にも入れてもらう。髪も梳《と》かしてもらう。そして何よりも、いつも、いつも、父と一緒に居たいと願っている。

そうだ……私が居なければ、父はダフネや兵士たちにも勝っているかもしれない。敵をやっつけて、お城に帰ることができるかもしれないのだ。

ダフネの言うとおり、私は父の負担になっているのだ。でも、どうしたら良いのだろう？　そう分っていても、私はどうしたら良いのか分らない。階段から下へは降りて行かれないし、中庭の垣根の向こうにも行けない。見えないからどこへ行けばいいのかも分らない。それに私は新しい本を聴きたいし、読みたい。音楽も聴きたいし、ピアノも弾きたい。中庭にも出たい。そして、とにかく父と一緒に居たい。

父はとても優しい。声は甘く、柔らかく、たいてい楽しそうだ。私が愚図ったり、馬鹿なことを言わなければ、いつも朗らかだ。いや……ときどき哀しげになる……私が良い子でいようとしているときにも……哀しげな声になるときがある……

私は「今、楽しい？」と父に聞いてみた。

「楽しいよ、とても」と声はすぐに返ってきた。「レイアは楽しくないの？」

「ううん、とても楽しい」と、私は答える。

それからも時折同じことを父に聞いてみる。

父の答えはいつも同じだ。私ははしゃいだ振りをする。楽しいのだ。父と居れば、いつでも楽しい。でも、はしゃぐような楽しさではないと思っている。うまく言えないけれど、静かに楽しいと思っていたい。でも私がはしゃぐと父は喜び、笑うので、そうする。父の笑い声を聞くとほっとする。

怖くて「私は負担になっているの？」と、聞くことはできなかった。

父がすぐに否定してくれれば嬉しいけれど、もし「少し」とか言われたら……いえ、「ほんの少し」でもと、言われたら……そんなことを父の声で聞いたら、今よりずっと辛《つら》い。

♠

雪が降りだした。

雪が降ると、とても静かになる。鳥の声もあまり聞こえなくなった。栗鼠《りす》は冬眠しているのだという。中庭に出て、雪を掌に受け止めると、すぐに水になってしまう。大きい雪や小さい雪がある。

中庭でピクニックはできなくなったけれど、積もった雪の中で遊ぶのは楽しい。冷たいけれど、転んでも痛くない。父と私は雪だるまや雪ウサギを作った。

雪は前の冬にも降ったという。

そういえば、私が寝室や居間に慣れ、置いてあるものの位置を知ったころ、「雪」という言葉をよく聞いたような気がする。でも、雪に触れた記憶はない。外にも出なかったのだろう。

冬の間、私は『ピーターラビットとなかまたち』を聴いた。

ＣＤなので、私には扱えない。だから父の居るときにしか聴くことはできない。父の声ではない、朗読というのを、私は初めて聴いた。母にも本を読んでもらったように思うが、もう母の声は憶《おぼ》えていない。男の人の声……女の人の声……普段聴くのは父とダフネの声だけだ。

CDは七枚あって、それぞれにお話が三つずつ入っている。朗読はみな違う人だ。女の人の声は誰もダフネより柔らかな声だ。人によって話し方も調子も違う。私は同じ言葉でも、声の感じや言い方で、意味が変わることを知った。例えば「ありがとう」というのは、感謝のときやお礼のときに言うけれど、狡《ずる》い言い方や、卑屈な言い方、意地悪な言い方もある。それはほんとうに「ありがとう」と言ったのではないのだ。

声も好きな声と嫌いな声がある。でも、いちばん好きな声はやはり父の声だ。そしていちばん嫌いなのはダフネ。

父は、私がCDを聴いている間に、いくつか新しい本を作ってくれた。『長靴をはいた猫』と『サンドリヨン』、『赤頭巾《あかずきん》ちゃん』だ。

テープで聴いた『赤頭巾』は、最後に猟師が狼のお腹を割く。そして、食べられてしまったおばあさんと赤頭巾を助けるのだ。でも、父の書いてくれた本は、赤頭巾が食べられてお仕舞い。食べられたままだ。

父に聞くと、古い民話で、いろいろな物語になっているから、書く人によって違うのだという。テープの方はグリムという人の書いた『赤頭巾』で、本にしてくれた方はペローという人が書いた『赤頭巾』だそうだ。

父に「どちらが好きかな？」と聞かれた。

私は「どちらも好き」と答えた。助けられれば、ほっとするけど、食べられたままというのも良いような気がする。私はダフネに殺されるのも、良いかもしれないと思う。

そしてダフネのことを考えた。

私を『殺した方がいい』と言っているときの声はほんとうにそう思っているように聞こえる。それは私が父の負担になっているからだ。するとダフネは父の味方なのだろうか？　そして、私は父の敵になってしまうのだろうか？　分からない。それに『殺した方がいい』と言うときには本気なのに、なぜダフネは気が変わってやめるのだろう？　私は声もあげないし、寝たふりをしているのに。なぜ……私を見ながら殺した方がいいと思い、私は身動きもしないのに、どうしてダフネの気は変わるのだろう？分からない。私は殺されてもいいけれど、殺してほしいとは思わない。私が小さいから分からないのだろうか？

私がもっと勉強をして、お利口になれば分るのだろうか？　いつ考えても分からなかった。

また沈丁花《じんちょうげ》が咲き、庭はおろか、時には居間から寝室までダフネの香りに満たされた。

父は「一年経ったのだよ」と言った。「前に沈丁花が咲いたときから一年経ったんだ。おまえがここに来てからだと、もう一年半だ」

一年と一年半……一年は十二ヵ月だ。一年半は十二ヵ月と六ヵ月だから、十八ヵ月だ。

♠

私は六歳になった。

父がそう言ったのだ。

「今日はレイアの六歳のお誕生日だ。四月の三十日だよ。プレゼントをたくさん持って帰るからね。お話？　すぐにしたいお話かい？　では、帰ってから聞こう。すぐに帰るよ」

今日は四月の三十日。お誕生日というのは忘れていたけど、日にちはもう分る。

時計に触る。今は午後の一時だ。父の乗った車の音が消えると、私はダークに言った。

「いい？　ダーク。おとうさまは城下に行ったの。だから、きっと四時か……遅くても五時にはお帰りになるわ」

　私は一から百まで数えて、時計に触った。まだ五分も経っていない。百一から千まで数えて、また触る。一時四十分だ。それから家具や壁を伝って居間を歩いた。時計の所に戻るまで百四十六歩。嬉《うれ》しくてたまらない。突然、いろいろなことがはっきりとしたのだ。

　時計に触れるとまだ二時二十分だ。ダークを呼んでソファに坐《すわ》り、テープを聴く。


「数」は歩くときだけではなく、あらゆるものに使われる。

　ピアノを弾くときは右手の親指が一、人差し指が二、中指が三、薬指が四、小指が五だ。それと同じように、私はこのあいだまで、歩くときにただ「数」を唱えていただけだった。それが「歩いた距離を表すこと」だとは分らなかった。

　唱えていただけのバナナの数が、バナナの量を表すものだと知ると、距離についても分るようになった。そして数は時間までも表すものだということが理解できるようになった。

　文字の木札はそれぞれ五枚ずつあり、全部で三百九十枚ある。今日は四月の三十日で、今は午後の九時半だ。ベランダから中庭までの階段の数も分るし、私の本が何冊あるのかも分る。

父は「数の概念」だといった。「概念」とは簡単にいうと「分ること」だという。

少しずつ、それは分り、そして突然、それが繋《つな》がって、ちゃんと分った。昨夜だ。そして世界が広がった。

数を知り、物の大きさを知って、私はこの部屋の中に居る自分というものを知った。時間も分ると、昨日と今日、そして明日《あした》以外に日にちがつながっており、それは先週とか来週、三日前とか五日後などということもでき、私はその日にちの中に、時間の中に居るのだと知る。私を囲む世界の広さ、そして時間の流れ、それは曖昧《あいまい》だった空間、曖昧だった時の流れを整理し、確認することだ。

四時五分……父はまだ帰らない。私はピアノを弾く。『トルコ行進曲』を弾けるようになった。一二三、三二一、一二三二一三五、一二三、三二一、二三二、四三二、四三二……

父はバナナの数がバナナの量を表すものだと、私が分ったときにはとても褒めてくれた。そして距離や時間が分ったときには、もっと、もっと褒めてくれた。私は目が見えない代わりに、集中力がとてもあるのだという。周りのものに気を取られないから、とてもよく考え、とても早く憶え、とても良く理解するのだそうだ。

量や距離や時間は分ったけれど、それはばらばらだった。それが一つに繋がったのは昨夜だ！　そしてそれが父のいう「数の概念」だと分った！　次から次へといろいろなことが分ったからだ。

目が見えなくなってから、私の世界は曖昧な色がもやもやとしているだけだった。今が昼間か夜かということだけしか分らず、憶《おぼ》えていることも頼りなく、曖昧だった。父に触れていないと、私は私自身まで曖昧に感じ、不安だった。でも今はいろいろなことがはっきりと分る。それに文字！　字を書けるようになったから、いろいろなことも書いておける。二月の二十日に私は日にちを知ったし、二月の二十五日には時計に触って時間を読むことができるようになった。そしてそういうことを書いておいて、その文字に触ればいつでも思い出せる！

私は闇の中に漂っているのではない。時間と空間の中に、ちゃんと居るのだ！


父の車の音！　五時十分だ。ピアノの蓋《ふた》をして、ソファに坐る。

玄関の戸が開く音。兵士たちの声。父はなかなか上がってこない。

五時四十分。居間のドアが開いた音に、私は立ち上がる。

「お待ち、レイア」と父の声。「駆けてきたら、プレゼントの箱に頭をぶつけてしまうよ。まず、プレゼントをどこかに置かなければね」

六歳の誕生日……さまざまなプレゼントの中に、二冊の本が入っていた。『小公子』と『小公女』だと父は言う。

「この本全部で一つの物語だよ」と父は言った。「今までおまえに読んであげたり、書き写してあげた物語の十倍も二十倍も長い物語だ。『十倍』や『二十倍』は、分るかな？」

「分るわ！」──私はうっとりと本を抱きしめた。「いつ読んでくださるの？」

「レイアが望めば明日からでも。でも一度には読めないよ。長いからね。毎日少しずつ読んであげよう。そして、おまえが前の日に聴いた話をちゃんと憶えていて、このお話が好きになるようだったら、独りでまた読めるように書き写してあげよう。こんな長いお話は、まだおまえには無理かもしれない。でもこのお話の主人公たちはね、おまえと同じくらい……ほんの少し年上なだけなんだ」

「読んで！　今、読んで！」

「今はシベリウスだ」と父は苦笑しながら言った。

あれからお風呂《ふろ》に入り、夕食を終え、ダフネが食器を下げ、私たちはソファに場所を変え、シベリウスの『ヴァイオリン協奏曲』を聴いていた。私はプゥを抱き、右膝《みぎひざ》にダークの足を感じ、左に父のあたたかみを感じていた。

「今日は城下でいろいろとあってね。私も少し疲れてしまった」

私は黙ってうなずき、諦《あきら》めて本をダークの横に置く。どんな物語なのか……そう思ったただけでわくわくした。シベリウスは好きだけど、すぐに本を聴きたい。でも、父は疲れているのだ。

「おやおや、がっかりしちゃったのかな？　レイアは本が好きだね。ドレスやリボンのプレゼントより、ずっと嬉しそうだ」と、父はつぶやいた。「でも、今度の本は今までのお話より、ずっと難しい。レイアはやっと数が分るようになったばかりだ。まだ無理かもしれないね」

私は驚いた。父のこんな言い方は聞いたことがなかったからだ。投げやりで、ぞんざいで、私には無理かもしれないなどという……明日になっても読んでくれないのだろうか……私は一生懸命聴く。数だってちゃんと分っている。

「この曲は好きよ。五日前にも聴いたわ」と、私は言った。……そして昨夜から今日にかけて感じたことを伝えたくなった。私の思ったこと、感じたことを、全部言いたくなった。

自分の思ったことを、こんなに長く父に話すのは初めてで、ときどき分らなくなってしまったけれど、とにかく思ったことを全部言ってみた。

私は数もちゃんと分った。時間も分った。父が城下へ行った時間も分ったし、帰ってきた時間も分った。今までのように曖昧ではない。部屋の大きさも分ったし、家具の大きさも分った。プゥやダークの大きさも分ったし、私の大きさも何となく分る。私は時間の中に居て、昨日のことも、一昨日《おととい》のことも憶えているし、書いておけば、もっと前のことだって憶えていられる。長いお話だって、きっと分る。

父は「賢い娘だ！」と感心したように言った。左側に沈んでいたクッションがふわっと盛り上がる。父が立ったのだ。「レイア……とても驚いたよ」と父の声が本棚の方にいく。「こんなに小さいのに……まるで小さな哲学者じゃないか！」

「てつがくしゃ？」

「話し方まで今までと違う」と父はつぶやいた。ヴァイオリンの音色が和らぎ、コルクを抜く音が聞こえ、お酒の匂いがした。そしてグラスにお酒をつぐ音。「今までのおまえときたら、蚊のなくような声でおずおずと話すか、笑ってもどこかびくびくと神経質だったのに……『知は力なり』か……『そして私もここに居るの』だって？これは驚いた。言葉は拙《つたな》いが、六歳で実存主義者になってしまった」

父は笑ったようだった。でも、どこか意地悪な響きだった。

私は不安になった。私は変なことを言ったのだろうか？　ダフネがいつも言うように「愚か」で「馬鹿」なことを言ったのだろうか？

ヴァイオリンの音色が高まり、オーケストラの音も高まった。ダフネの声！

「殺した方がいいのよ。こんな娘」

それは音楽よりも大きな声だった。ダフネ！　ダフネの香りが私を包む。ドアの開く音も聞こえなかった。そうだ……寝室から……ダフネ！　私は思わずダークの背中に手を置いた。

「なんてお利口なんでしょう」と嘲《あざけ》るようにダフネは叫んだ。「何も教えず放っておけば良かったのに……今に破滅するわ」と狐の狡《ずる》い声でダフネは言った。そして「さっさと殺した方がいいのよ」と、聞いたこともないような金切り声で叫んだ。

涙が溢《あふ》れてきた。そしてダークは私の手からするりと抜け、どこかへ行ってしまった。

がちゃんと何かが壊れ……お酒の瓶だ……ダフネの甘い香りと一緒にお酒のつんとした香りが押し寄せ、混ざって……消えて行く。父は……父は、どこに居るのだろう……なぜ、側に来てくれないのだろう。なぜ何も言ってくれないのだろう。

涙が頰を伝う。（殺した方がいい……）

「さがれ！」父の声。

「厄介者、死ね」とダフネの声。

「さがれ！」と、また父は言った。

曲が終ったとき、父はまた「さがれ」とつぶやいた。甘いぶよぶよした香りは近寄ってはこない。薄らいでいた。ダフネは居なくなった？

でも、父は？　さっきまで父は書棚の付近に居たはずだ。そして声はダフネの方に、寝室へのドアの方に変わった。なぜ……いつものように……私の側に来てくれないのか？　なぜ、すぐに来て、抱きしめてくれないのか？　「大丈夫」と言ってくれないのか？　私は独りで砕けてしまいそうだ……なくなってしまいそうだ……

「二度と言うな」……父の声だ。寝室の方……「レイアを脅すことは許さん」

ダフネの高笑いが聞こえ、私は耳をふさぐ。

厄介者……私は負担で重荷で厄介者だ。怖くて口にできなかった言葉……ダフネは父の前で叫んだ……私は厄介者だ。

「レイア」――声と同時に父の掌に頬を包まれた。ダークも来た。私は父にしがみつく。

「レイア……ダフネは酷《ひど》いことを言ったね」

「私が馬鹿なことを言ったから？　変なことを言ったから？」

「いいや、とんでもない。おまえはとてもお利口だ」

「私は死んだ方がいいの？　厄介者なの？」

「冗談じゃないよ、レイア。おまえは私の宝物、私の光だ。大事な大事なお姫様だ」

父に抱かれ、揺さぶられていると、私の哀しみも恐怖も父が吸い取ってくれているような気がした。いつもの父の香り……そしてお酒の匂いと、ダフネの香りも少し残っていた。でも、もう大丈夫だ。私はしっかりと父に抱かれている。

「ダフネは酷いことを言う……おまえの言っていたことは本当だった……酷いことだ」

父は私を抱きながらつぶやいた。とても疲れているようだった。

「私は……死んだ方がいいのなら……死んでもいいわ」

「馬鹿な！」と父の声が高くなった。「『死ぬ』などと……そんな言葉を使うものではないよ。おまえのような小さな子が……おまえのような可愛い娘が、そんなことを言うものではないよ」

そのとき、父のポケットから、いつものブザーが鳴った。私はダフネが下で兵士たちに私を殺すように言っているのではないかと思った。

「レイア、下に行かなければならない。独りでお着替えして、お顔を洗って、眠ることができるかい？」

私はうなずく。涙は乾いている。

「ようし、ベッドまで抱いていってあげよう」と父は私を抱き上げた。「そうだ、プゥを忘れるところだった。重くなったね、レイア。お酒臭いかい？　飲みすぎたようだ。大丈夫だよ。安心しておやすみ。二階にはだれも来させない。二度とダフネも来させない」

父は私をベッドまで抱いてゆき、プゥと一緒に、そっと降ろしてくれた。そして頬や額に接吻《せっぷん》した。『白雪姫』や『いばら姫』の王子様のようだと私は思った。

美しいレイア……光の娘……私の宝……父の甘い囁《ささや》きが耳に残っている。プゥの柔らかな身体に顔を押しつけ、ダークが隣に来て温《ぬく》もりを感じると、私は寝てしまった。

着替えもせず、顔も洗わず……

♠

翌日、父は朝食を摂《と》らなかった。ナイフやフォークの音がしないので、聞いてみたのだ。

「よく気がついたね」と父は言ったが、褒めているようには聞こえなかった。「今朝はお話もあまりしないし、変だと思うだろ？　昨夜お酒を飲みすぎたようだ。飲みすぎるとね、頭が痛くなって、食欲もなくなるのだよ。でも大丈夫。すぐに良くなるよ。それに食べてはいないけれど、ジュースを飲んでいる。心配しないで、おまえもちゃんとお上がり」

父の声は辛《つら》そうだった。何か我慢をしているような、ゆっくりとした言い方だった。

「お薬は飲んだ？」と聞いてみる。

「飲んだよ。大丈夫」

話すのも辛そうなので、私は静かに食べる。でも、大丈夫じゃなかったらどうしようと、心配でならなかった。

「ごちそうさま」と言うと、父は立ち上がり、食器を重ねだした。私は驚いた。ダフネのすることだ。

「テープを聴いたり、ご本を読んだりして、独りで居られるかい？」

「ええ」

「いい子だ」

父は頬に軽く接吻すると、部屋から出ていった。

ダークを呼び、ソファに行くと、昨日置いた本があった。『小公子』と『小公女』と、父は言っていた。どちらが『小公子』でどちらが『小公女』か分らない。

父がすぐにも戻ってきて「レイア、あれは冗談だよ」と朗らかに言ってくれたら……

「ちょっと、おまえをからかっただけだ。さあ、ご本を読んであげようね」と言ってくれたら……でもドアは閉じたままだ。私は『ラプンツェル』の本を持ってきて、読み始める。

魔法使いは王子様を見つけて怒る……そして王子様は塔から飛び下り、目を潰《つぶ》してしまう……ダフネも父に怒ったのだろうか？　怒って食器を下げに来なかったのだろうか？　ダフネが父の頭を痛くしたのだろうか？　心配でならない。

髪が頁に触れ、指にも触れる。ラプンツェルの髪は十五メートル……寝室の壁を全部伝うほど長い……私の髪はまだ肩を覆うくらいだ。ラプンツェルは塔の窓から髪を降ろして、魔法使いや王子様を出入りさせた。私の髪もラプンツェルくらいに長くなったら……寝室の窓から父を降ろせるかもしれない……寝室の窓の向こうは森だと聞いた……風が強いといつも枝々が揺れるざわざわとした音が聞こえる……深い、深い森で、迷うからだれも入らないのだと父は言う。森に逃げたら、兵士たちも追って来ないかもしれない。そして父は自由になり……敵をやっつける。でも、私は……そう……ダフネが怒って私を殺すだろう。

ドアが開き、私は顔を上げる。

がちゃ、がちゃと金属がぶつかり合うような音が近づいてきた。香りがしないからダフネではない。だが……父だろうか？　声はしない。

「だれ？」と私は聞き、手を向けた。とたんに手首を摑《つか》まれた。驚いて声も出ない。父の柔らかくあたたかい手ではない。ごわごわとした手袋のダフネの手でもない。もっと大きく、強い力……左手でその手に触れた。ソファのようなふかふかとした革だ。大きな革の手袋……怖い……手首を摑んでいた手は外され、私の左手を撥《は》ね退けた。反射的に退いた私の膝《ひざ》に何かが置かれた。

「いー」と恐ろしい声が響き、私の手を摑んで、置かれたものに触らせる。

ランチ・ボックス……ランチ・ボックスだ。声はまた聞こえた。「いーとぅ」と聞こえたような気がする。そしてカチッと足元で音、そしてまたがちゃがちゃと音が遠ざかり、ドアが開き、閉まった。

父でも、ダフネでもない。兵士だ！　兵士がやってきた！　ここに！　身体が勝手に震えていた。震えが止まらない。私はランチ・ボックスに触れてみる。父の居ないとき、いつも食卓に置かれるランチ・ボックスだ。恐る恐る開けてみた。パンの匂い……それにチーズや……この香りはオレンジだ……兵士は食事を運んできたのだ。なぜ、兵士が……父はどうしたのだろう。手が固い紙に触れた。字が書いてある。

心配せずに、お部屋に居なさい。お夕食は一緒に食べよう。

父の字だ。「心配せずに、部屋に」――ほっとする。「お夕食は一緒」――父は大丈夫だ。父は来てくれる。父はいつも言ったとおりのことをする。そして、私も父の言いつけを守る……

五時半……ドアが開き「レイア！」と、待っていた声が聞こえた。

私はすぐにも立って……二歩も歩かないうちに、父に抱き上げられた。

「良い子でいたようだね、偉い子だ」と言った父の声は、とても朗らかで、私はすっかり嬉《うれ》しくなる。

「大丈夫なの？　もう」

「ああ、すっかり良くなった。心配させたかな？　おや、お昼をろくに食べてないね。お三時《やつ》もなかったのに半分も食べてないじゃないか。ちゃんと食べないと、私のように病気になるよ。よし、まず、お風呂《ふろ》だ。それから一緒に夕食。お夕食はいっぱい食べようね」

「食べるわ！」

「よーし、ではお風呂に直行！」

楽しいときが戻ってきた。父は朗らかで、元気で、明るく、優しい。もう何の心配もない。

「お風呂に直行！」

湯船の中で、私は気になっていたことを告げた。「兵士が来たの！　お部屋に」

「どうして兵士だと分ったの？」

「だって、ダフネじゃなかったもの。香りもしないし、声も違う。勿論《もちろん》おとうさまでもなかった。金属がぶつかるような音を立てて歩いてきたわ。革の手袋を嵌《は》めていた。乱暴で……分らない言葉を使ったの。兵士でしょ？」

「それで？」

「ランチ・ボックスを持ってきたわ。おとうさまの手紙が入ってた」

「なるほど。ダフネに『二度と二階に上がるな』ときつく言ったから……彼女、意地になって兵士に持たせたんだ」

「私の目が見えないことが分ってしまったわ！　私、魔女だと思われるの？」

「もし、そうなら、とっくに私の耳に入っているよ。何分くらい兵士は居たの？　一人だったかい？　聞こえたことや、感じたことを、最初から話してごらん」

私はドアが開いてから、閉じるまでのことを思い出すかぎり話した。

「……驚いて……よく分らないけど、多分、一分か二分くらいだったわ」

「レイアはとても説明が上手だ」と父の声は相変わらず明るかった。「まるで私の目に見えるように、ちゃんとお話ができる。素晴らしい！　大丈夫、安心しなさい。多分、そいつは気づいていないよ。音を立てて、まっすぐレイアの前に来た。手首を摑んだ後、すぐにランチ・ボックスを差し出した。『イートゥ』と言って、すぐに部屋を出ていった。多分、一分も居なかっただろう。レイアの目に気づいていたら、もっとレイアの前に居たはずだ。他の言動をしたはずだよ。私の耳にも入ってないし、そいつは何も気づかなかったんだ。好奇心旺盛《おうせい》なやつじゃなくて良かった。大丈夫だよ」

「本当に？」

「臆病《おくびょう》さん。気がついていたら、今頃大騒ぎだよ」

「良かった……」——石鹸《せっけん》の香り……父の手にしたスポンジが肌を滑り、冷たい泡がぷつぷつと消えていく。私の不安も消えていく。父に話せば、何でも解決するのだ。

お風呂から上がり、私はベッドの上で髪を拭《ふ》いている。

大きなバス・タオルで身体を拭き、薔薇《ばら》の香りの乳液を付け、髪を拭き、それから夜用のゆったりとしたドレスを着る。もう、全部独りでできる。

そのうちに、ダフネが夕食を持って上がって来る……

服のボタンを嵌めているとき、居間のドアが開いた。

食器を置く音……私はベッドに坐《すわ》り、まだ湿っている髪にタオルを当てる。ダフネが居る間は、決して居間には行かない。夕食後に会うだけでたくさんだ。

私は手を止めた。香りがしない。ダフネの香りが漂ってこないのだ。

ダークが来てから、居間と寝室の間のドアは開けっ放しにしてある。いつもなら、すぐにベッドまで香りが押し寄せてくるのに……そうだ……お風呂で父に聞いた。ダフネに「二度と二階に上がるな」と言ったと。また兵士だろうか？　私はベッドの陰に身を縮めた。怖い……


「レイア、おいで。支度ができたよ」

父の声が戸口から聞こえた。父！　私はベッドの陰から飛び出す。

「おやおや、今度は怪物でも来たと思ったのかい？」

私はまた抱き上げられた。

「ダフネは？」

「言っただろう？　二階には、もう来させないよ。兵士もね。レイアに二度と怖い思いはさせないよ」

夢みたいだ。ダフネは二度と来ない……もうダフネに会わなくて済む。父と二人だけ……いつも父だけ……夢みたいだ。

　食事のとき、私は父に聞いてみた。

「おとうさま、兵士は私に何と言ったの？」

「『イートゥ』かい、よく聞き取れたね。『食べろ』だよ。はは……言葉遣いを知らないやつだ。お姫様に向かって」

「食べろ……」

「隣の国の言葉を一つ憶《おぼ》えたね。もっと知りたいかい？」

「ええ」——言葉を知っていれば、また兵士が来ても何とかできるかもしれないと思った。いつか……髪が伸び……父を寝室の窓から逃がした後も……言葉を知っていれば……何とかなるかもしれない……

「本当はね、おまえはもう基礎は知っているんだよ」

「え？」

「ずっと前から知っているんだよ」と父は笑いながら、焦《じ》らすように言った。

「隣の国の言葉を？」

「いつも歌っているじゃないか。一緒に」

「『ピーター』のお歌？」

「違う、違う」

「『りすのナトキン』のお歌？」

「もっと、ずっと前からだよ」

「『エィビースィ』のお歌？」

「そのとおり。食事を終えたら、どう書くのか教えてあげよう」

びっくりした。『ピーターラビット』のCDを聴くまで、私は『エィビースィ』のお歌しか歌は知らなかった。いつから歌っていたのか憶えてはいない。父に教わり、何だかまったく分らなかったけれど、いつも父と歌っていた。そう、ずっと前から。あれが言葉だったなんて……父はときどき私をとても驚かせる。

「さあ、『エィ』はお山を書いて、横棒がちょんだ。触ってごらん。簡単だろう？『ビー』は数字の1と3をくっつけた形。分るね？『スィ』はこれだけ……」

「これだけ？」

「そうだよ。『ディー』は半分の丸だよ……」

――「ゼット」まで書くと、父は食器を階下に下げに行った。ダフネは来ない。本当に来ないのだ。

私は「エィ」から、また紙に書いていく。全部で二十六文字しかない。隣の国の文字は簡単だ……これから毎日、食事を持ってくるのも父、下げるのも父、ダフネは来ない。二度と来ない。とても嬉《うれ》しかった。でも……お掃除も、ベッドのシーツを替えるのも、何もかも父がするのだろうか？　父の負担がまた増える……私のせいだ……

ドアが開いた。

「おや、『イー』までしか書いてない。一度に言って難しかったかな？」

「ううん。私、他のことを考えていたの」

「それはそれは……レイア姫は集中力がおありではなかったかな？　さあ、『ゼット』まで書いてみよう。そうしたら『小公子』か『小公女』を読んであげるよ」

♠

それからずっと、本当に夢のように楽しい日が続いた。

ダフネも兵士も来ない。父と二人だけだ。

本を読み、音楽を聴き、ピアノを弾き、中庭で遊び、勉強もする。父と、ダークと、プゥと、私……楽しく、安らぎ、快いだけの日々……

ダフネがいつ入ってくるかと怯《おび》えていたときより、私はいっそう父を愛し、父との時間を楽しんだ。でも、父と離れているときは、前よりもっと辛《つら》く感じるようになった。

一緒に居るときには、父はポケットのブザーで、よく下によばれる。五分で戻ってくるときもあれば、一、二時間、戻らないこともある。

部屋に居ると、下の音はほとんど聞こえない。何度か、しびれをきらして、私は廊下に出てみたこともある。階段の手前、今はダークが降りないように柵《さく》を付けられた所まで恐る恐る行ってみたこともある。微《かす》かな人の声……微かな父の声……ジーと機械音のようなものが聞こえたこともあった。音楽や、水音、何かを叩《たた》く音……下でどういうことが起きているのか、私には見当もつかない。

兵士が突然、部屋に入ってきたときの恐怖が蘇《よみがえ》る。聞きなれない、あの音は、銃とか剣がぶつかり合う音だと聞いた。「弱いから武器を身に付けていなければいられないのだよ。臆病者だ」と父は言った。手首を摑《つか》まれた感触はまざまざと憶えている。荒々しく、無慈悲な摑み方……あんな者たちに、父は囲まれているのだ。

それでも、この家の中に父が居るときは、まだ落ちついていられた。いつかダフネに階段の所で脅されたときのように、私が叫べば、父は何をおいても飛んできてくれるだろう。すぐにも駆けつけてくれるだろう。階段を降りただけの所に父は居るのだから。

城下には週に一度か二度、行かなければならない。朝食の後か昼食の後、たいていは三、四時間で帰ってきてくれる。それでも不安だ。そして国の外れまで行くときには、もう心配でたまらない。

　国の外れにはあれから三度行った。五月に入って一度、そして九月には二度……父が国の外れに行くと、ほとんど一日中、独りきりだ。テープや本があるから、独りで居ることは苦にならないけれど、父のことが心配でならない。説得が効かず、もしも暴動が起きてしまったらどうなるのだろう？

「暴動とは暴力だ」と父は言う。多くの人が暴力で、この国を奪い返そうとすることだと。私の不安に、父は「まだ、そんな力はないよ」と、いつも言う。でも、起きてしまったら……父は暴力に巻き込まれる……父がどんなに否定しようと、明るく笑って出掛けようと、父の声を聞くまで、私は祈り続ける。物語に出てくる神様や女神様、妖精《ようせい》や良い魔法使いたち……父の声を聞くまで祈り続ける。守ってください。守ってください。守ってください。私はただ待っていることしかできない。

　下から聞こえてくる兵士の言葉は二つだけ分るようになった。

　父が外に出るときには「GO！」、帰ってきたときには「COME ON」、「行け」と「入れ」だ。大きな声で言うので憶えてしまった。あとは聞き取れないし、分らない。

　国の外れまで行って、帰ってきた父は、いつもとても疲れている。隠しているけれど、私には分る。

父が下へも行かず、城下にも行かず、国の外れにも行かないでくれたら、どんなに良いかと思う。父とプゥとダークとの、この素晴らしい時間……それだけで毎日が過ぎたら、どんなにか素晴らしいことだろう。父は王様でなくても構わないし、私は王女でなくても構わない。この国が、ずっと敵のものであっても構わないとさえ思う。寝室と居間と中庭以外に行きたいとも思わないし、父以外の人には会いたいとも思わない。

いつか、寝室の窓から父を逃がすという思いはだんだん薄れてきた。やはり父と離れるのは厭《いや》だ。それに髪だってなかなか伸びない。まだやっと背中の半分くらいだ。ラプンツェルくらいになったら考えようと思う。

私は『小公女』を読んでもらい、今は『小公子』を読んでもらっている。

私はセドリックが大好きだ。父は「レイアの王子様はセドリックかな？」と笑う。

「セドリックは『小公子』の主人公よ。物語だもの。本当には居ないわ！」

「これは失礼をいたしました。いと賢く、美しきお姫様。だが、神様や女神様や妖精は居ると思っているのだろう？」

「だって、それは感じるもの。私が考えたのでもないのに、ときどき声が聞こえるの。おとうさまが城下に行かれたときなど……いつもではないけれど、『もうすぐ帰ってくるよ』って聞こえたりするの。するとすぐに車の音が聞こえてくるわ」

――神様や女神様と、物語の主人公たちは違う。うまく言えないけれど、違うと思う。それにセドリックは大好きだけど、父にはかなわない。私の王子様は父だ。でも、父がからかうから、私もちゃんと教えてはあげない。

♠

また雪が降りだし、私たちは部屋の中に居ることが多くなった。

冬の間に、父は『小公子』と『小公女』を書き写してくれたが、それで私の本棚は埋まってしまった。それぞれ三十冊もあったからだ。

私は何度も何度もこれらの本を読んだ。そしていろいろな人を好きになった。セドリックのおかあさまはとても優しい。私はもう、母の顔も、声も、忘れてしまった。父が新しく読んでくれたのは『青髯《あおひげ》』だ。それはとても怖かった。でも、とても素敵だ。怖いのに素敵に思うのは変だろうか？　父はこれも書き写してくれるという。

雪は真っ白だという。庭も垣根も雪に埋もれると、私の目の前はいつも明るい青と緑が入り交じるようになった。だから中庭に出るときは眼鏡をかける。雪のときには本当に静かで、何もかもが眠っているように思える。『いばら姫』の世界だ。時折聞こえる音は枝に積もった雪が落ちる音だと聞いた。昼間、父と居るときには良いけれど、夜中に目醒《めざ》めたときなど、この音を聞くのは怖い。何か……森の奥から……魔物がやってくるように思える。それに……ベッドで目醒めたとき、ダフネの香りがするように思ったこともある。気のせいだろうか？　ダフネは二度と来ないはずだ……

♠

そして、また、あの忌まわしい沈丁花《じんちょうげ》の香りが漂ってきた。

雪が溶け、中庭で昼食を摂《と》るようになって一週間もしないときだ。

「ダフネが居る！」と、私はまた言ってしまい、父も驚いたように「何だって？」と、言ったが、すぐに笑って「お馬鹿さん。また騙《だま》された。沈丁花だよ、沈丁花が咲いたんだ」と、私の鼻を突っ付いた。

それでも、私は「お部屋に帰る」と言い張った。「お部屋に帰って食べる」と。

「レイア、もう、全部広げてしまったんだよ」と父は言った。「コップにジュースも注いだし、ハムもサラダも皿に取り分けたんだ」

うんざりしたような父の声を聞くのは初めてだった。ダフネが苛々《いらいら》したときの言い方に似ている。でも、こんな香りの中で、食べるのは厭だ。私は「厭なの！」と叫んでしまった。

そのときである。「すみません」と、声が聞こえた。

私は咄嗟《とっさ》に空を探り、父の足に触れた。だが、触れたと思った瞬間、父の足は動き、立ち上がったようだ。

知らない声……低い、太い、声……声は、垣根の端、柵を作った方からまた聞こえてきた。「すみません、道に迷ってしまったようで、あの……」

「お待ちください」と父の強い声。「そちらに行きますから」――そして芝を踏む足音が遠ざかる。

私は「ダーク」と、小声で呼んだ。怖かった。まったく知らない声……知らない人……ダークもいない。父に付いて行ってしまったようだ。スカートが濡《ぬ》れた。ジュースのコップを倒してしまったのだと思う。

父の声……よく聞こえない。「……中に病人が居るので……」――病人？　病人ってだれだろう？　ダフネか、兵士か、だれか病気なのだろうか？

父とだれかが話しているのは分ったが、あとはまったく聞き取れなかった。胸がどきどきする。知らない人……その人の声がまた聞こえた。「ありがとうございます」と。そして、「可愛いお嬢さんですね」と。

芝を踏む音が近づき、「おやおや」と父の朗らかな声。「可愛いお嬢さんのドレスが台無しだ」

「誰だったの？」

「しっ」と、父は私の口に指を当てた。「私たちの味方だよ」と囁《ささや》く。「道に迷った振りをして、秘密の知らせを持ってきたんだ」

「秘密の知らせ？」

「そう。武器を仕入れるルートができたそうだ。レイア、やっと先が見えてきた」

「武器って……銃とか……剣？」

「そうだよ。それで兵士たちと戦うんだ」

「怖いわ……龍騎兵《りゅうきへい》と近衛《このえ》騎兵は剣で青髯を殺すのよ」

「『青髯』か。よく憶《おぼ》えていたね。でも、今はお着替えの方が先だよ。レイア」

父は私を抱き上げると、もうベランダへの階段を上り始めていた。「ジュースでべたべた。小さなお尻《しり》まで冷たくなってしまったよ。まだ風が冷たいのに、風邪をひいてしまうじゃないか」

「平気よ。それより怖い……」

「大丈夫だよ。どんなふうになってもレイアは守る。私が守ってあげるから、大丈夫だよ」

「私は平気よ。死ぬのも平気。でも、剣で……剣でおとうさまが刺されたら……おとうさまが殺されたら……」――言っている間に涙が溢《あふ》れてきた。

「よーし、お風呂《ふろ》についた。さあ、お湯を入れるから、あたたまろうね。また泣いて、お顔もぐしゃぐしゃだ。安心おし。私も大丈夫だよ。強いから剣などにやられはしない。それに武器がちゃんと集まるのも、ずっと先のことだ。ずっと、ずっと先のことだよ」

「ずっと先って？」

「そう……レイアのお誕生日が何度も、何度も、きてからだよ。もうすぐお誕生日だ。何が欲しい？」

「御本」と言いながら、私は父が私をごまかそうとしているのだと感じていた。

「よーし。面白い御本を山ほど買ってきてあげよう」

父の声は明るく浴室に響いた。湯気が立ち込め、服を脱がされた私はあたたかい湯の中に入れられる。誕生日が何度も、何度も……それはいつなのだろう？　と、私は考える。

♠

誕生日……何度も、何度も……の一つ目の誕生日が来てしまった。

父は今度も国の外れに行った。

あと何度……誕生日が来たら、戦いになってしまうのだろう。

この間、あの知らない男が来てから、私は父に「戦う」ということを何度も聞いた。

それは「戦争」と言い、国を奪い返すためには、どうしても必要なことなのだと言う。

でも父はあまり答えてはくれなかった。


「あの男の人は、どうやって、あそこまで入ってきたの？」

「旅人を装って、迷い込んだ振りをしたんだよ。あの柵《さく》の向こうは、もっと広い中庭になっているが、その先の通路は外に繋《つな》がっている。通路の前には兵士が居るはずだが……隙を見て入ったのかもしれないね」

「一階に居るダフネや兵士たちにも見られなかったの？」

「私たちが歯向かうなどと、思ってもいないだろうからね。みな油断しているよ」

「国民、みんなで戦うの？」

「いや……女性や子供は戦わないよ。レイアも子供で、女性だから、もうそんなことを考えるのはおよし。戦いはね、男がすることだ」

「おとうさまも、戦うの？」

「言っただろう？　ずっと先のことだよ」

「剣や銃で戦うと、死ぬひともいるでしょう？」

「レイア！　先のことだよ」――中庭で、私が愚図ったときのように、苛立《いらだ》った声だった。それきり、父はこのことについて答えてくれない。

――そして、その夜、ダフネが来た。

冬の間、時折感じたダフネの香り……ダフネはやはり夜中に来ていたのだ。

ダフネは酷《ひど》く冷たい声で「おまえは死んだ方がいい」と、繰り返した。私は胸がどきどきし、父を呼びたくなったけど、眠った振りをしていた。

父には言ってない。私は死ぬのだろうか？

父が死ぬより、私が死んだ方がいい……死ぬのは、ただ居なくなること、ただ消えること、無くなることだ。怖いことではない……でも、ダフネの声は恐ろしく、ダフネの憎しみを感じることはもっと恐ろしい。足元でダフネの声が聞こえると、その声に乗って、苛立ちや憎しみが波のように押し寄せてくる。それは私を包み、胸をどきどきさせ、身体を冷たくし、強張《こわば》らせる。あれが続くと死ぬのだろうか？　居なくなること、消えること、無くなることは、どうすれば起きるのだろう？　ダフネは「殺してやる」とも言うから、殺すことができるのだ。剣を持っているのだろうか？　そうだ……兵士たちは剣も銃も持っている。ダフネと兵士たちは味方同士だから、それを借りてくれればいいんだ。あの日も剣を持っていたのかもしれない。

今もこの下にダフネは居る……私を殺したいのなら、父が居ない……今日のような日に来れば簡単だろうに、と思う。

なぜ、いつも夜中に来るのだろう？

この間はあの甘ったるい香りと共に、お酒の匂いもした。父はめったにお酒を飲まない。飲むのは疲れているときだそうだ。ダフネも疲れていたのだろうか？　分らないことばかりだ。前歯がぐらぐらしている。隣の歯は、この間抜けてしまい、永久歯というのが顔を覗《のぞ》かせたばかりだ。舌でぐらぐらする歯に触るのが癖になってしまった。ダフネも夜中に来るのが癖なのだろうか？


窓に向かうと沈んだ赤茶色に見えるようになった。陽が落ちたのだ。

ピアノの下に潜ってダークの容器を探り、ビスケットを足して、新しいお水に入れ換える。そして私も食卓に向かったときだ。車の音が聞こえた。父が帰った！　いつもよりずっと早く！　そして、いつもよりずっと早く、父は二階に上がってきた！

ダークは父がドアを開ける前から、もう喜びの声を上げていた。

「レイア！　良かった。まだお夕食前だね」――父は私を抱きしめて言った。「そんなものを食べるのはよしなさい。一緒にあたたかく、もっと美味《おい》しいものを食べよう。ちょっと待って。プレゼントもどっさりだ。お誕生日のケーキに、御本とテープ、それにとっても素敵なレースのドレスに……オレンジ色だよ。それに……赤いチューリップの模様のブラウスや、綺麗《きれい》な紫色のスカートもある。黄色いひまわりが付いたサンダルも買ってきた。中庭で履けるようにね。おや？　テープも掛かってないし、御本も出てないね。ピアノは……昨日置いた本が蓋《ふた》に載ったままだ。何をしていたの？　美しいお姫様は」

父は私の返事など聞いていなかったと思う。すぐに部屋を出て、すぐに前に言った山ほどのプレゼントを抱えて戻ってきた。父はとてもはしゃいでいた。ダークがはしゃぎ、私もはしゃいだ。

そして私は夕食前に、私にも聴くことのできるテープをすぐに聴き、夕食後の今、またその続きを聴いている。『ピーターラビット』のように、父ではない人が朗読する物語だ。

『嵐が丘』……

父は「『小公子』や『小公女』より、ずっと大人の物語だよ」と言った。

私には「大人の物語」というのが、どう違うのか、まだ、よく分らない。それより、父が国の外れから帰ってきてくれ、私の横に坐《すわ》り、私の膝《ひざ》に父の手を感じていることの方が嬉《うれ》しい。

父は帰ってきてから、ずっと嬉しそうだった。声が弾み、前に聞いた言葉をまた繰り返した。

私は食後のケーキを食べながら、聞いてみる。「『わるぷぎの夜』ってなに？」

「わ、る、ぷ、る、ぎ、す」と父はいつも言葉を教えてくれるときのように、一語ずつはっきりと発音し、そして黙り、突然「いや、いい」と言った。「レイアが憶《おぼ》える必要のない言葉だ。ケーキはどう？　美味しいかい？」


今、私はテープを聴いている。

荒々しい雰囲気のお話だ。だが『嵐が丘』とは、何という題だろう。嵐のときのあの音……吹きすさぶ風のさまざまな唸《うな》り、叩《たた》きつける雨の音、悲鳴をあげる木々の音、稲妻……嵐の音は怖い。落ちつかない。

私は父の手が膝に載っていないことに気づいた。父は確かに私の横に坐っている。ソファの傾ぎ具合、そして身近に感じる体温で分る。私はそっと身を寄せてみた。父の身体は前に傾いていた。腕に触れ、それを辿《たど》った。手はテーブルの上、つるつるした紙の上にあった。本だ……とても大きい本……今までに触ったこともないくらい大きな本……

「おとうさま、御本を読んでいらっしゃるの？」

「いや、テープも聴いているよ」と上の空の声が返ってきた。

「御本を読みながら、別の御本を聴くなんてできないわ」

「はは、辛辣《しんらつ》だな。でも、レイア、これは絵の本なんだ。絵を見ながら……ああ……分ったよ。一緒にテープを聴こう」

「絵の本？」――テープの物語は遠いものになっていた。絵本……象やキリンの絵本は憶えている。そう……虎がバターになる絵本もあった。あのたくさんのパン・ケーキ……私は続けた。

「虎の絵本？　バターになる絵本？」

「いや……これはね……悪かった。絵だけは見ることができないのに、おまえの前で開くなんて……絵本は憶えているかい？」

「ええ、虎がバターになるの。木の周りをぐるぐるまわって、黄色い輪の……ドーナッツみたいなバターになっちゃうの。それで、パン・ケーキをいっぱい作るの」……そうだ。母に読んでもらった。いえ……違う人だったろうか……憶えていない。でも確かに読んでもらった。見えるときに読んでもらった本……思い出した。

「虎は憶えている？　黄色の色は……憶えている？」

「ええ……」と答えたが自信はなかった。でも、それは蘇《よみがえ》り、曖昧《あいまい》な形だったが、私の中に浮かび上がっていた。

「そうか……おまえが絵を見られないことだけが残念だよ。おまえの集中力……おまえの言葉を憶える力、言葉を理解する力は素晴らしい。感性や洞察力も凄《すご》い。それに聴覚や嗅覚《きゅうかく》や触覚もね……魔法の耳、魔法の指先、魔法のお鼻を持った賢いお姫様だ。滑らかな絹、爽《さわ》やかな麻、柔らかなビロード、生地一つとっても、それぞれに最上の物を感じ取れる指先だ。美しいものをちゃんと感じ取れる娘だ。絵の美しさをおまえが味わえたらと……思うよ。だが、これは触っても分らない……この世界は……私は……」

父の声はどんどん沈み、最後にはまるで自分を責めているようにすら聞こえた。帰ってきてからずっと父の周りに漂っていたうきうきと華やいだ雰囲気は失《う》せ、私を酔わせていた甘い声、はつらつとした力強さ、快いリズムも消え、『嵐が丘』の寒々とした描写……沈鬱《ちんうつ》な声が部屋を満たした。

「ねえ、おとうさま」と、私はとりわけ明るい声で言った。「説明してくだされば分るかもしれないわ。おとうさまが形や色や……どんな絵なのか……私、想像してみる」

「そうだね」と返ってきた父の声は躊躇《ためら》っていた。

「お願い」と、私は甘える。とろけるような甘い時間を取り戻したかった。父が帰ってきたときのように、食事をしていたときのように、部屋を喜びで満たしたかった。

「そうだね」と、もう一度言った父の声には力が蘇っていた。「形や色を思い描くことは、とても必要だ。レイアはそれらを知っていたのだし……補強し、広げることだってできるかもしれない……やってみよう。いいかい？　おまえの前にある絵はね、ボッティチェルリという画家の絵だ。『春』という絵だよ。いや、お待ち。『嵐が丘』はこの絵に合わない。物語は今日はいいね？　伴奏を変えよう」

　立ち上がった父は、テープを止め、CDを選んでいるようだった。また薔薇《ばら》色《いろ》の時間が返ってきたと、私は感じる。流れてきた音楽で、その感じは一層強まった。柔らかなピアノの音……ウィリアム・バードの『パヴァーヌとガヤルド第一番』だ……父と私のいちばん好きな曲……

　父はまた私の横に坐り、肩に手をまわして囁《ささや》くように話し始めた。

「『春』の絵だよ。とても美しい絵だ。……背景から話そう。オレンジは知っているね。オレンジがたくさん成った果樹園だ。下には綺麗なお花がこれもたくさん咲いている。そこに神々が居るんだよ。一、二、三……」と私の手を持ち、頁の上を移動させた。「……全部で八人だ。ここは頁の真ん中、今、おまえの指が触れているのはウェヌスだ。菜園……果物や野菜を育てる場所の女神だよ。髪はブロンド……金色だ。薄く透けるベールを被《かぶ》っている。白いドレスを着て、赤い……光沢のあるショールを右の肩から垂らし、左手で押さえている。ここ……すぐ上にお供のキューピッドを連れている。キューピッドは知っているね」

説明と共に、動かしていた私の手を止め、父の声も聞こえなくなった。そして溜《た》め息が聞こえてきた。

「レイア……やはり無理だよ。どんなに説明したところで、おまえにこの絵の美しさを分らせ、感じさせることはできそうもないよ」

「なぜ？　私、想像しているわ」

「ああ、でもね、レイア。物語を聴いたり、読んだりして、想像するのとは違うんだよ」と父は辛《つら》そうに言った。「絵とは見て感じるものだ。画家それぞれの色の美しさや線の微妙な流れ、全体の構図や雰囲気……どんな服を着て、どんなふうに立っていて……などと話したところで何の意味もなさない。おまえがせめて二十歳くらいまで目が見えていて、このボッティチェルリやダ・ヴィンチ、ミケランジェロなどを目にしていたら……それらの記憶を持っていて話すのなら、言葉での説明も少しは可能かもしれない。でも、おまえは三歳で視力を失い、絵本しか知らず、その記憶も曖昧だ。おまえにボッティチェルリを言葉で見せようというのは無理だ。私が無謀だった」

そして、また父は溜め息をついた。「おまえに酷《ひど》いことをしてしまったよ。私が悪かった」

「私、楽しかったわ」と私は急いで言った。「オレンジがたくさん成っている果樹園や、たくさん咲いているお花も想像したわ。ウェヌスも……金色の髪や白いドレス、赤い……」

私は父に強く抱きしめられ、一瞬、息が止まりそうになった。

「レイア、私は酷いことをしている」

「してないわ。おとうさまはいつも優しい。酷いことをするのはダフネだけよ」

「ダフネ……」——父の身体が離れた。でも前に坐《すわ》ったまま……手を握ってくれている。

「ダフネ」と父はもう一度言った。「ダフネには、もう会わないだろう?」

「夜中に……ときどき、来るの」

「何だって。寝室にかい?」

私はうなずいた。

「なぜ、黙っていたの? なぜ、言わなかったの?」

「分らない」

父は黙ってしまった。そしてまた父のポケットから、呼び出しのブザーが聞こえてきた。

私は立ち上がり、またテープを掛けた。大好きなCD、『バード&ギボンズ作品集』が終ってしまったからだ。父は下に行ったまま戻らない。風が強い。『嵐が丘』の朗読が始まる。でも、言葉はなかなか耳に入ってこない。私はダフネのことを黙っていれば良かったと思った。話したことを悔やんだ。あんなに楽しかったのに……と、思う。

なぜかダフネが今夜も来そうな気がした。

♠

あの夜……ダフネは来なかった。

でも、今も夜中に時折来る。

必ずお酒の匂いもする。私はだんだん平気になってきた。恐怖心がなくなったわけではない。ダフネの声はやはり怖い。その憎悪はやはり恐ろしい。でも、ダフネの声には苦しみも感じられた。ダフネは「殺してやる」といつも言う。でも、そう言いながら、それはなぜか「殺したくない」とも聞こえる。本気で「殺したい」と思い、本気で「殺したくない」とも思っている……私にはダフネが分らない。声はとても哀しそうだ。あんなに絶望的な声は朗読でも聴いたことがない。声は形となって、ダフネの足元から絨毯《じゅうたん》を這《は》い、布団の上を這い、私の胸を押しつぶそうとする。鎖のように私を縛る。私は布団に顔を埋め、ダフネの呪いの声が終るのを待つ。いつか、ダフネの「殺したい」という気持ちの方が勝ったら、私は殺されるのだろう。どちらでもよい……そう思う。

父にダフネの話はしないことにした。

父は私をよく「光の娘」と呼ぶ。父こそ光だ。そして視界が青と緑で溢《あふ》れている昼間はいつも光の世界でなければならない。ダフネの闇は夜中のものだ。父と私の間には入れたくない。

また、穏やかな日々が戻ってきた。いつか始まる戦いへの不安は消えなかったが、寝室と居間、そして中庭での時間は静かな安らぎのうちに過ぎ、さまざまな物語と音楽で満ち溢れていた。

私はあれからもときどき、父に絵の話をせがむ。紫色と同様、絵も私には知ることができない。でも紫色と同じように、私は父の愛するものを、何でも知りたく思った。ボッティチェルリの絵を説明したときの、父のあの陶然とした声音……「とても美しい絵だ」と言ったときのあの声の響き、私のことを「美しい」と言うときとは違う……酔ったような声だった。好きな物語や、好きな音楽を語るときと、同じ声だ。素晴らしい物語や素晴らしい音楽が、どれほど素敵で、どれほど心を惹《ひ》きつけるかは私にも分る。だからきっと絵も、それと同じくらい素敵なものなのだ。だから見ることはできないけれど、私は父の好きな絵を、好きな画家を知りたいと思う。

♠

『嵐が丘』のテープは、最初のうち、なかなか私の中に入ってこなかった。

何年も放っておき、再び聴いたのは十二歳になってからだ。

父が国外れに行き、所在無さに掛けてみたのが最初だった。そして、何度も聴いているうちに捕えられてしまった。美しい物語だとは思わない。荒々しく、激しく、そして酷いとすら思われた。それなのに、何度も何度も繰り返し聴いてしまう。父はついに「原作を読んであげよう」と言い出した。テープは縮約版で原作はずっと長いものだという。『小公子』や『小公女』よりさらに長いものだという。「一年掛かりになるかもしれないよ」と、父は溜め息をつきながら言った。でも、その後の笑い声で、溜め息は嘘なのだと分ってしまった。

それから毎晩、父は少しずつ『嵐が丘』を読んでくれた。

聴いている間、この家のまわりは荒野になってしまう。そして荒野を覆う花、ヒース……「ヒースの花も紫だよ」と父は言った。一年はかからなかったけれど、夏が過ぎ、秋が過ぎ、冬になってしまった。

父が最後の頁を読み終えたのは、ベランダから中庭への階段が半ばまで雪に埋もれた頃だった。

「終りだ」と父が本をぱたんと閉じる。「やれやれ、実に長かったね」

「テープで聴いたときにも思ったけど」と私はおずおずと言ってみた。「私……なんだかヒースクリフもキャシーも好きになれない」

「どうして?」と父は面白そうに聞いてきた。

私の感性は変なのだろうか? と私は答えるのを躊躇《ためら》う。主人公を好きになれないなんて初めてだ。「だって……とっても勝手な気がするわ。リントン家の人が可哀相だわ。リントン家の人々は何ひとつ悪いことをしていないのに、ヒースクリフとキャシーによってめちゃくちゃにされてしまう」

「ではこの物語は嫌いかい?」

「よく分らないの……単純に好きとは言えない……でも、惹かれるの。どうしてかしら。とても理不尽なのに」

「『理不尽』か」と父は笑い出した。「おまえは変な言葉を知っているね」

「前におとうさまから聞いたのよ。『この世は理不尽だ』って……それから言葉の説明をして下さったでしょう?」

「確かにね。この世は理不尽で、この物語も理不尽だ。だから多分、おまえは惹かれるのだろう。それを好むとか嫌うとかではなく、それがある真実に触れているから、理不尽という真実に触れているから、惹かれるのだと思うよ」

「そうね」と言いながら、私は私の分らなかった気持ちを簡単に言葉にしてしまう父を羨《うらや》ましく思った。自分で父の言ったことを、すぐに言えたらどんなに良いだろう。でも説明がつくということは気持ちがいい。

「もちろん、それだけで惹かれているわけではないと思うがね。物語というのはさまざまなものが絡み合ってできている。おまえは昔、二つの『赤頭巾《あかずきん》』を知り、助け出される『赤頭巾』も、食べられてお仕舞いの『赤頭巾』も、両方好きだと言ったね。物語は筋だけではないのだよ。リントン家が可哀相でも、理不尽だと思っても、『嵐が丘』にはおまえを惹きつけるものがあり、半年以上も夢中で聴き続けさせる力があるんだよ。それが物語の素晴らしさだ」

「そう。そして、これが『例の本』よ!」

「『例の本』?」

「ええ、あのとき、ほら、『理不尽な本ってあるの?』って聞いたら、おとうさま『浮かばないね』って笑われたでしょう? これがそうじゃない」

「偉い！」と、父が叫び、突然私を抱き上げた。「なんてレイアは賢いんだ。そのとおり、これぞ理不尽の例の本だよ」

　父が叫ぶことなど、めったにない。私はすっかり嬉《うれ》しくなった。「それにペローの『赤頭巾』もよ」

「そのとおりだ。そのとおり」と父は上機嫌の声を上げ、私を抱きしめた。そして「重くなったね」と笑いながら、またソファに戻した。「レイア姫は『理不尽』も『不条理』も、すっかり理解なされた。大したものだ」

「神の意志はランダム！」と私も叫ぶ。

　ところが「音楽を聴こう。疲れたよ」と言った父の声は、急に沈んでいた。そして、いつもなら、私に意向を確かめるのに、それもなく、音楽が流れ始めた。

「おとうさま、どこ？」と聞いてしまう。

「正面に坐《すわ》っているよ。肘《ひじ》掛《か》け椅子に」と声が返ってきた。それは重く、不機嫌にすら聞こえた。会話は打ち切りだ。何が起きたのだろう？　私はプゥを抱き、グールドの『ゴールドベルク変奏曲』に耳を傾ける。デビュー盤の方だ。

　煙草とお酒の香りが漂ってきた。父は疲れているのだ、と思う。何ヵ月も毎晩朗読をせがんだのだから。それとも、私は調子に乗りすぎたのだろうか？　神の意志はランダム……それから声が沈んだ……神の意志はランダム……これは不合理や不条理の説明のときに一緒に聞いた言葉だ。この世には絶対の「善」や絶対の「悪」など無いと、父は言った。

戦争はこちらが善で相手が悪と考える。そして相手もそう考えるのだと。善行を重ねても不幸になることもあり、悪行を重ねても幸せになることもある。そして幸、不幸も主観に因《よ》るものだと……神は居るかもしれないし、居ないかもしれない。だが居たとしても、その意志など常にランダム……いい加減だ。それ以来、私たちは中庭で夕立にあい、びしょ濡《ぬ》れになったり、今のように音楽を聴いているときに停電になってしまったりというようなとき、いつも「神の意志はランダム！」と笑い合ってきた。今夜に限って、この言葉が父の機嫌を損ねたとは思えない。だが……その前……その前は普通だったはず……胸が重くなる。神の意志はランダム……そして、私は感じた。私にとっての神とは父だ。父の一喜一憂に私は神経を尖《とが》らせている。なぜなら私には父しか居ないからだ。父さえ居ればいいと思う。でも唯一の神である父が、急に沈んでしまったら、どうすれば良いのだろう？　神の意志はランダムであって欲しくない……と私はいつしか願っていた。

♠

そして私は今、十三歳だ。

上げる。

髪はラプンツェルにはとても及ばないが、お尻《しり》に届くまで長くなり、背も父の肩くらいになった。「もう重くて抱けないね」と言いながら、それでもまだ父は私を抱き上げる。

私はもう一人でCDも掛けられるし、入浴もできる。テーブル・セッティングや後片付けも手伝える。ピアノは三十曲くらい弾けるし、本も前より小さな字ですらすらと読めるようになった。

でも、本のことで、父と言い争いになることも起きてきた。

父の話によれば、この世には、数えきれないほどの本があるのだという。

私が音楽を聴くのをやめ、ピアノを弾くのもやめ、食事を摂《と》るのもやめ、中庭でくつろぐのも、ダークと遊ぶのも、眠るのも、何もかもやめて、すべての時間を読書に向けても……死ぬまで読み続けても、なおかつ読み切れないほど、本はあるのだと

……

それなのに、私は、父が新しく書き写してくれるまで、同じ本を何十回も読んでいなければならない。それ以外は細切れの朗読……うっとりと酔いしれている私の耳に、父を呼び出すブザーの音が聞こえたり……眠る時間になったり……父の不在の日があったりする……

それに本は、また新たな本をも呼び寄せる。『嵐が丘』以来、私は善や悪についての質問をすることが多くなったが、父はその一つの方向として『デミアン』という本を読んでくれた。

主人公の十歳のときから始まる物語だから、私にも理解しやすいだろうと言う。

「それに、これにはアブラクサスが出てくるよ」と、本を私に触らせて父は言った。「憶《おぼ》えているかい？　アブラクサス」

「神の名前ね」と私は言う。

前に「神の意志はランダム」と父から聞いたときに知った名前だ。「神の名はアブラクサスという」と、そのとき父は言った。——物語で、私はさまざまな神を知っている。ギリシア神話の神、ケルト神話の神、それにキリスト教やイスラム教、仏教等の神々……神は大抵良き神であり、光の側に属している。闇の側の神は、悪神とか悪魔とか、堕天使と呼ばれ、人々を不幸にする。でも父は「世界に光と闇が存在し、善と悪が在り、人もその両方を併せ持っている。だから神も両方を併せ持っていなければおかしい」と言い、そういう神としてアブラクサスの名を挙げた。以来、私たちの間で、物語を離れて、単に「神」という場合、それはアブラクサスを指したけれど、物語の中で、この神の名前を聞いたことはない。父は「そのうち出会うよ」とだけ言っていた。

　そして出会った。

『デミアン』は私を夢中にさせた。と、言っても、何もかも、すぐに理解できた訳ではない。私は朗読を聴く度に、質問をすることが多くなった。読み返してもらうことも増えた。

　それにアブラクサスだ。父の言葉どおり、本の中で、アブラクサスは……神でも悪魔でもある神——と説明されていた。私はもっとアブラクサスについて知りたいと思った。

　父は「アブラクサスはグノーシスの神だよ。グノーシスとは原始キリスト教の一派だが、それについての本というのは、まだおまえに難しいだろう」と、朗読も止めてしまった。

　私は「読んで、お願い」とせがむ。

「続きを?」

「続きも、グノーシスの本も、全部。全部……分るまで!」

　今日、父が初めて怒鳴った。「おまえの為にどれほど時間を割いているか、分らないのか!」

乱暴にドアが閉められ、後を追った私の耳に、兵士の「GO!」という声が聞こえ、玄関のドアの閉じる音、そして車の音が聞こえ、消えた……父は城下に行ったのだ。

私はゆっくりと居間に戻る。もう壁を伝わなくても戻れる。ダークが私を迎え、涙に濡れた顔をぺろぺろと嘗《な》める。

父が忙しいのは分っている。

しょっちゅうブザーで下に呼ばれ、城下に行ったり、国外れに行ったり……私の食事を運んだり、下げたり……日常の私に係わる雑事はほとんど父にしてもらっている。そして私は朗読をせがみ、新しい本をせがむ。

私は我がままで、父に甘えている……そんなことは分っている……でも、もっと本を読みたい！……読みきれないほどの本があるならば、もっと、もっと、読みたい！知らない人々、知らない事物、知らない思い、知らない世界……私を酔わせ、私を魅了し、私の心を広げ、羽ばたかせる世界……ダフネも兵士も存在せず、私が盲人だということも、囚《とら》われの王女だということも忘れさせてくれる世界……

「死ねばいい……王の負担も減るだろう」——ダフネの言葉が蘇《よみがえ》る……私は『バード&ギボンズ作品集』のCDをセットし、ソファに坐った。

ダークがすぐに横に飛び乗り、私の膝《ひざ》に前足と頭を載せる。

ダークの背中を撫《な》でる。絹地のように滑らかで柔らかな背中……呼吸と共に動き、あたたかく、安らぎをもたらす背中……澄んだピアノの音が始まり、部屋を満たしていった。

弾いているのはグレン・グールドというピアニストだと父から聞いた。カナダという国のピアニストで、私たちのように囚われているわけでもないのに、人に会うのを避け、好んで孤独の裡《うち》に暮らし、世を去ったというピアニスト……彼の音はすぐに分る。凛《りん》と澄み渡った音だ。父にも私にも出せない音……父と私のピアノの神だ。

彼が愛したという本も父に読んでもらった。夏目漱石《なつめそうせき》という人の『草枕』という本だ。それは、グレン・グールドの澄み渡った、魂に直接響くようなあの音ほどに、私の心に触れなかった。父は「もう少し、おまえが大人になったら、好きになるかもしれないね」と本を閉じた。

大人になったら……大人にはいつなるのだろう……十三歳……私はまだ子供なのだ。父に頼り、父に甘え、父に負担を掛けているだけの……まだ子供なのだ。父はこの頃よく黙ってしまう。私が我がままになったから、怒っているのかもしれない。怒った声を上げたのは、今日が初めてだ。でも、しばらく前から怒っていたのかもしれない。

この頃、父は黙ってしまうことが多くなった。
私は泣きながら父を想い、今はこの世に居ないというピアニストを想い、そのピアノの音に酔いしれる。

雨が降ってきた。ぱらぱらと窓硝子《まどガラス》を打っていた音は徐々に勢いを増し、風も出てきた。視界も赤茶色に変わってきた。嵐になるのだろうか？　父は大丈夫だろうか？　帰ってきたらすぐに謝ろう。

そして私はすぐに謝った。父の声を聞くなり、すぐに。
父の声はとても哀しそうだった。「おまえが謝ることなんて何もないんだよ」と言った。何度も何度も繰り返した。——何ひとつ、私が謝ることなどないのだ——と。でも、声はますます沈鬱《ちんうつ》に、苦しげになり、私の胸を締めつける。とうとう私はまた泣きだしてしまった。

夕食を摂り、音楽を聴く。父はまたお話のテープを買ってきてくれた。ドストエフスキーという作家の『罪と罰』という物語だ。
父は「おまえには少し難しいかもしれないが……」と言い、短く笑った。乾いた笑いだ。

「朗読のテープは、あまりなくてね」

『デミアン』はまだ途中だ。『罪と罰』……これも善と悪の物語だろうか？　そしてアブラクサスが出てくるのだろうか。

いつもなら、すぐに聴く私だが、「今夜は音楽の方がいいわ」と言う。そして『アルビノーニのアダージョ』という曲を掛けてもらった。やはり今日、買ってきてくれたものだ。

今夜の父は不器用だと私は思った。父は今までにも何度も私をごまかしていた。それは、でも、私たちの間に光だけを充《み》たすためだ。父の声が哀しみに彩られ、私が不安になってくると、父の声はがらりと変わり、話題も変わる。それはとても鮮やかな父の光の魔法だ。だから私も喜んでごまかされる。でも、今夜の父は魔法を使わない。私たちは黙って音楽を聴き、音の間に父の哀しみが伝わってくる。私が原因なのだと私は思い、辛《つら》くなる。「やはり物語を聴きたいわ！」と明るく言ってみようか？　でも、私は父のように、巧《うま》くごまかせそうもない。抱いているプゥの頭に顔を寄せ、父の膝に手を伸ばした。父の手も私の膝に載った。「おまえが大好きだよ」と父の声。膝の手はとてもあたたかい。

風雨はますます激しくなり、寝室の窓をがたがたと揺らしている。

おやすみの接吻《せっぷん》の後「おとうさま、ちょっとでいいから、一緒に居て」と頼んでみる。

「おやおや、添い寝はとっくに卒業したんじゃなかったかい？」と父は笑い、それでもベッドに腰を降ろしてくれた。

私は布団をめくった。夏用の軽やかな羽毛布団はシャワシャワと音を立てて崩れた。

「ちょっとでいいから」と、もう一度言う。そう、ちょっとでいい。ちょっとでいいから、もう少し、父の身体を感じていたい。今までだって、いつもちょっとだ。いつだって、私が寝つく前に、父はベッドから出ていってしまう。

それでも父は「こんな大きくなったのに、また赤ちゃんに戻ってしまったのかい？」と言いながら、横に入ってきてくれた。

ダークが焼き餅《もち》をやいて、間に入ってこようとしたが、今夜は入れてあげない。顔も胸もお腹も足も……全てを父の身体に付ける。

「困った甘えん坊だ。こんなに大きくなったのに。足がもう私の膝に触れているよ。また背が伸びたね」

今夜の父の声は甘くない。優しいけれど、ずっと哀しそうだ。

父の体温……父の香り……私はもっと身体を押しつける。血が脈打ち、肉が息づくあたたかな父の身体……身体がとろけて父の身体に張りつけばいいのに、と思う。

ダークがもう一度、私たちの間に割り込んできたとき、父は「さあ、ダークに席を譲ろう」とベッドから出てしまった。

私は言葉が見つからないので、眠った振りをする。足元の方で「おやすみ」と声が聞こえ、そしてドアが開き、閉じた。

風が唸《うな》り、雨が樹を、家を、窓を、叩《たた》きつけている……一陣の風が枝を騒がせ、ばきばきと枝の折れる音がした。風がこの家も壊したら……私は父と一緒に逃げられるかもしれない……逃げようと思ったことも、この家から出たいと思ったこともない。でも、それは今、とてもロマンチックなことのように思われた。

「ダーク、おまえも連れていってあげるわね。それにプゥも」と言いながら、私は闇に身を任せる。

その夜、父の夢を見た。

目が醒《さ》め……それはまだきちんと目醒める前の、気だるく快い、半睡状態のときだったが……私は懸命に夢を……夢で見たはずの父の顔を思い出そうとしていた。夢の中では私は目が見え、そして父を見、父と話し、父とお茶を飲んだ。とても長い髪のラプンツェルも一緒に居た。でも、夢の中では、あんなにちゃんと話し、ちゃんと見ていたはずなのに、何もかもが曖昧《あいまい》だ。父の香り……父の手……父の顔……でも思い出せない。のっぺらぼう！　ちゃんと話し、ちゃんと見ていたという意識しか残っていない。いえ……何を見ていたのだろう？　何を話していたのだろう？　そう……父と話し……父と接吻した。額や頰ではなく、口に……布団のシャワシャワという響きと暑さの中で、汗ばんだ身体をずらし、手の甲に唇を当ててみる。そう……この感じだ……すぐ目の前に父の顔があるような気がする。夢に戻る。父の唇。一瞬、全身がぞっとし、下腹が熱くなった。何が起きたのだろう……鳥の声が耳に入った。朝だ……気だるく……暑い。布団の中で……暑さの中で……溺《おぼ》れていたいと思う……ナイフやフォークがぶつかる音……いつもより遠く聞こえる。父が居る……隣の部屋に……父の顔……思い出せない……夢で見たのに思い出せない！

「おはよう、レイア。朝食だよ。どうした、まだ目が醒めないのかい？」

ダークはとっくに居ない。父にまとわりついている声が聞こえる。

「さあ、起きよう。とてもいいお天気だ」と父に布団を剝《は》がされた。

身体を動かしたとたんに、私は異様な感じに撃たれた。下着が濡《ぬ》れている……身が竦《すく》み、顔が火照った。

「具合でも悪いのかい？」と心配そうな声。

「私……」と言ったまま声を呑《の》んだ。どうしたのだろう？　お粗相……まさか……

「どうした」と父はベッドに腰を降ろし、私の髪を掻《か》きあげ、額に手を置いた。そして、また「どうした？　レイア」と、それは優しく尋ねてきた。

「下着が変……」と私は言う。

「下着？」と問い返した父は「脱いでごらん」と立ち上がった。

下着を脱ぎ、父に渡す。

私は不安になった。父はすぐ側に居るのに、随分と長い間、黙っていたからだ。

私が呼びかけようと思ったとき、父の声が聞こえた。

「レイア、おまえ、生理になったのだよ」

――その声は、とても軽やかに聞こえた。でも意味が分らない。「『せいり』って？」と、私は聞いた。

「女性がね……おまえくらいの歳になると、だれにでも起きる現象だ。大丈夫。病気でも何でもない。当たり前のことだよ。言っておけば良かったね。驚いたろうが、何でもない。だれもが経験することなんだよ。さあ、起きて！　新しい下着を穿《は》いて、着替えなさい。朝食だよ」

――私はベッドから出、引き出しから下着を出し、穿く。気が軽くなる。大丈夫……父の言葉を繰り返す。昔から父は何度も「大丈夫」と言った。父が「大丈夫」と言えば、それは、いつでも「大丈夫」なのだ。気に病むことではないのだ。クロゼットの戸を開け、父がとても良く似合うといってくれたドレスを選ぶ。父の好きな紫の地に白い薔薇《ばら》の模様だというドレス……私には薔薇の花型になっている半袖《はんそで》と、胸元の刺繍《ししゅう》しか分らない。

でも、朝食の間……父の口数は少なかった。そして、朝食後、食器を重ねながら「これから城下に行かなければならない」と言った。

私は今、テープを聴いている。

昨日、買ってきてくれた『罪と罰』だ。でも言葉は頭を素通りしていく。

父が二日続けて城下に行くのは初めてだ。私が生理になったことと関係があるのだろうか？

父は朝食の間も「大丈夫」と言いつづけた。「おまえが大人の入口に立ったということだよ」と。少し戸惑いながら、珍しく早口で。「おまえが健やかに成長しているという証《あかし》だよ」――そして生理の話は打ち切られた。

――大人の入口……でも、昨日とちっとも変わらない……物語では、女性を讃《たた》える言葉に、よく「ふくよかな胸」とか「豊かな乳房」などという言葉が出てきた。アンナ・カレーニナの白く輝く胸……「白く輝く」とは、具体的には分らない。でももっとも明るいときに私にも感じられる、青と緑の斑点《はんてん》に垣間見《かいまみ》える白っぽい輝きのようなもの、と近いのではないかと思う。「彼女の乳房は、大変まろやかで、清らかで、小さくはあっても、すばらしいふくらみを持っていた」――これはマンディアルグの『海の百合《ゆり》』だ……私の胸はちっともふくらんでいない。つるつるしてはいるけれど「まろやか」という感じでもない。せめて「清らか」であってくれれば良いけれど……と、私は思い、平らな胸に当てていた手をダークの頭に戻す。ちっとも大人になんかなりはしない。生理になったたって変わらない。ダークは人間でいうともう三十過ぎなのだという。「犬は人間よりも早く歳を取るのだよ」と父は言った。私が五歳のときには赤ちゃんだったのに、私を飛び越し「小父様《おじ》」になってしまった。ずんずん大きくなったけれど、二年もしたら変わらなくなってしまった。今だって同じ大きさ、同じ毛の感触、同じ啼《な》き声、同じ仕種《しぐさ》だ。「私たちはそんなに変わらないのよね」と頭を撫《な》でる。そう……昨日とちっとも変わりはしない……

テープのA面が終ってしまった。何も聴いてはいなかった。私は巻き戻しのスウィッチを押し、珈琲《コーヒー》をセットする。何も考えることなどないのだ。父が「大丈夫」と言えば、それは大丈夫なのだ。珈琲を飲みながら、今度こそ、ちゃんとテープを聴こう。二巻もある長い物語なのだから。おいしい珈琲を飲みながら、ゆっくりと味わおう。

昼食の時間が過ぎ、一時を過ぎても父は帰らなかった。何も言わず、ランチ・ボックスの用意もせず、父がこんなに帰らないのも初めてだ。何かあったのだろうかと心配になる。寝室に行き、ベッドの上の輪に手を掛けたが、どうしてもダフネを呼ぶ気にはなれず……やめた。私はもう、少なくとも「夜が来ない」と言って泣く子供ではない。ダフネに聞いたところで、どうなるものでもないだろう。「テープを聴いて、待っておいで」と父は言った。待っていればいいのだ。

私はすっかりラスコーリニコフに心を奪われていた。ラスコーリニコフがどうするのか、どうなるのか……「軽いノックの音が聞こえた」というところで、二巻目のA面は終ってしまった。二巻目のB面をもどかしくセットしたときだ。車の音……父が帰ったのだ！　時計を確かめる。一時四十五分。ほっとする。そしてゆっくりと「スタート」のボタンを押す。

「ただいま、レイア」と父の声。

ラスコーリニコフがスヴィドリガイロフについて考えているところだった。「近親憎悪に似た気持ちを抱き……」――「近親憎悪」とは何だろう？　と思ったときだ。

私は声の方に顔を向け「お帰りなさい」と、大人の女の顔を思い描いて、微笑む。そして魅力的に見えただろうかと心配になった。

「すっかり遅くなって」と父は言った。「お腹が空《す》いただろう？　サンドウィッチを買ってきたよ。出来合いのものだが、すぐに食べられる。私も腹ぺこだ」

「『腹ぺこ』？」

「お腹が空いたという無造作な言い方だよ」と父は笑った。「さあ、すぐに食べよう！」

父の声ははつらつとしていて晴れやかだ。「私も腹ぺこ！」と、テープを止め、すぐに食卓に向かう。父が「大丈夫」と言えば、大丈夫。「待っておいで」といえば、待っていれば良いのだ。何の心配もない！

昼食後、父は城下からのお土産を見せてくれた。ズボンとシャツと靴だ。テープや本のないお土産も初めてだったけれど、ズボンや、父の着ているような綿のシャツ、固くがっちりとした靴も初めてだった。

「おとうさまのお洋服みたいね」と私は歓声を上げる。

テープや本の方が嬉《うれ》しいけれど、昨日『罪と罰』を貰《もら》ったばかりだ。そして、まだ最後まで聴いていない。父も帰り、今朝とは打って変わって明るく朗らかだ。不安は嘘のように消えていく。そう、こういうことを「杞憂《きゆう》」と言うのだった。お腹も一杯になって、本当はテープの残りを聴きたくてうずうずしていたけれど、父のお土産に歓声を上げる。事実、父と同じような装いをするというのは新鮮だった。

「着てみるかい？」と父は言い、私は服を脱ぎ、シャツを着、ズボンを穿いた。

ズボンはすっかり足を覆い、お尻《しり》や脚をぴったりと包み、不思議な感じだ。冬に穿く厚手のタイツとも違って動くたびにお尻や脚や膝《ひざ》を締める。

「窮屈かな？」と父の声。

「ううん」と言いながら、私は椅子に坐《すわ》り、脚を組んでみせた。「おとうさまと同じに見える？」――今まで私はドレスか、ブラウスにスカートという装いしかしていない。しなやかで冷たい絹……柔らかなジョーゼット……滑らかなビロード……蜘蛛《くも》の巣のように薄く……或《ある》いはかちかちと立体的なレース……綿のドレスやブラウスもあったけれど、いつもフリルやレースやリボン、刺繍などで飾られていた。父の服のように、こんなあっさりとしたシャツを着るのも初めてなら、筒のようなズボンを穿くのも初めてだ。「おとうさまのようになった？」と聞いてみる。

靴の紐《ひも》を結びながら、父は「とても……似合うよ」と言った。でも、その声は何だか張りがなく、私は立ち上がって「良かった！」とスキップをしてみせる。はしゃいで……確かにズボンの方が動きやすい……スカートのようにまとわりつかない……でも何となく変……でも、はしゃぐ。父が買ってきたのだから……父と同じ装いなのだから……父の声がどこか変だから……父は私をごまかそうとしている……声や調子が変わっていた……それはいつもより明るく聞こえ、いつもより柔らかく聞こえ、いつもより上の空に聞こえる……何からごまかそうとしているのだろう？　いえ、そんなことはどうでもいい。声が普通になれば……明朗な、屈託のない、自信に満ちた、快活な響きになってくれれば……と思う。

「私、王子様みたいにみえる？」と聞いてみた。

「どうかな？」と父は微《かす》かに笑った。「その長い髪ではね」

「きっと、この方が崖《がけ》を登りやすいと思うわ」と私は脚を叩《たた》きながら言ってみた。

「はは」と父はまた微かに笑う。「そうだね。今まで何枚、あの崖でスカートを破ったかしれない」

「明日《あした》、お天気だったら、これで崖を登るわ」

「そうしよう。では着替えて……それはサイド・テーブルに置いておきなさい。また薔薇に包まれた、おまえを見たいよ。それから……一緒にテープを聴こう。『罪と罰』か……皮肉なものだ……」

「『皮肉』？」

「いや……さあ、お着替え、お着替え」と父はようやく朗らかな声で笑いながら、私のシャツのボタンを外し始めた。

カセット・デッキに触り、「最初から聴く？」と聞いてみる。

「いや、いいよ。レイアの聴きたい所からで」と父は言った。「私は前に読んでいるからね」と。いつもの父の声に戻ったようで嬉しくなる。

二巻目のB面の途中だけれど、巻き戻してB面の最初から聴いた。これで三十分以上、父とソファに坐っていられる。

私は父の胸に凭《もた》れ掛かり、父は私がプゥを抱くように、私を抱いた。二人でテープを聴く。ダークも足元でおとなしく聴いているようだ。温《ぬく》もりに包まれ、快い時に浸る。

テープが終るまで、私は抱かれていた。

いつも物語を聴き終えると、父はその物語について話し始める。でも、今日は何も言わない。そこで、私の方から言ってみた。父の真似だ。「面白かった？」

「ああ、そうだね……」と父は言い淀《よど》んだまま、また黙ってしまった。カチッとライターの点火音が聞こえ、煙草の匂いが漂う。

私は父が立ち上がるのを恐れて、凭れたまま話し続けた。「黙っていれば分らないのに、なぜラスコーリニコフはソーニャに、自分が殺したと言ったり、自首したりしたの？」

父の沈黙は続いたが、立ち上がる気配はなかった。むしろ前よりもっと、私を抱く手に力が入ったような気さえした。やがて「良心の問題だろう」と父は言った。「レイアはラスコーリニコフが黙っていれば良かったと思うのかい？」

「ええ」と私は答える。「ひとを殺したけど、厭《いや》な老婆だわ。それに最初はラスコーリニコフだって言うわ。『虱《しらみ》を殺した』って。『何の役にもたたない虱』って。それにポルフィーリイって嫌い」

「ああ」と父の声が弾んだ。「思い出してきた。ラスコーリニコフを追い詰めていく予審判事だね。私も最初に読んだとき、そう思ったよ」

「じゃあ、なぜ？」と私は繰り返した。

「レイアはもう大人だ。それに大人の物語もたくさん聴いている。これは『赤頭巾《あかずきん》』や『いばら姫』ではないんだよ。ひとを殺せば罪になり、罰を受けるという現世の話だということくらい分るだろう？」

「でも『何の役にもたたない虱』のような老婆だわ」

「レイアは傲慢《ごうまん》で気位が高い」と父は嬉しそうに言い、私を抱きしめた。「おまえの嫌いなポルフィーリイがラスコーリニコフに同じことを言っていたね？　おまえもラスコーリニコフ的人間なのかな？」

ラスコーリニコフは父だ……と私は感じていた。テープで聴いたラスコーリニコフの話し方が父の話し方と似ていたからかもしれない。とても優しく、繊細な……快い声……

「私がソーニャだったら、自首など勧めないわ」

そう言ったとたん、父は大笑いして、私をもっと抱きしめた。父がこんなに笑い続けたのを聞いたことはない。

笑いは永遠に続くかと思われるほど、高く、途切れなく、部屋を流れ、そして突然、息を呑《の》むように止まった。そして「これを聴いただけで、罪と罰について論じるのは難しいよ。レイア」と言った父の声は、ラスコーリニコフそのもののようだった。

「たとえ虱のような人間であってもね」と父は続けた。「ひとがひとを殺すのは罪なのだよ。ひとがひとに、何かを強要するというのは……ひとを自由にしようとするのは……個人の考えで、勝手にひとを支配しようとするのは……罪だ。……暴力だよ。殺さなくても、それは精神的暴力だ。ポルフィーリイがラスコーリニコフにおこなったのは精神的暴力だ。だから君はポルフィーリイに対して嫌悪感を抱いたのだろう。レイアの感性はとても素晴らしいよ。だが『罪と罰』について語るには、根源的な罪と罰について語るには、これを聴いただけでは少し材料不足という感じもするね。原作はね、この十倍くらい長いのだよ。それをレイアがしっかりと読み、理解し……」——父の言葉は途切れ、熱の失《う》せた声で「その上で語り合うことができればね」と終った。

物語に関して、父と語り合うのは大好きだ。その声は弾み、その響きには物語への愛と、言葉への愛、観念を語る楽しさが溢《あふ》れていた。私はすぐにも言ってみる。「原作を読んで、おとうさま。私、ちゃんと知りたい。細かい所まで」——父の声の調子が落ちたことが気になったのだ。

「そうだね……」と父は言った。しかし、声の輝きは失せていた。そして父のポケットからいまいましいブザーの音が聞こえ、私のお腹に置かれていた手は離れ、立ち上がり、行ってしまった。

父が下に居る間、私はもう一度最初から『罪と罰』を聴き返した。

父が戻ってきたのは七時すぎ、クーラーも消し、虫の声に包まれてからだ。

父は夕食を運んできた。それはお誕生日のように、私の好きなものばかりだった。

そして夕食後、父はグラスにお酒を注ぎ、「レイア、おまえも飲んでみるかい？」と言った。

「お酒を？」と私は驚いて問い返す。

「大人になったお祝いだ」と父は言った。

　私はうなずく。

「ジュースやお水のようにごくごく飲んではいけないよ。嘗《な》めるように、少しずつだよ」

　ソファに席を変え、手渡されたグラスはボールのように丸かった。離れて嗅《か》ぐのとは違う、つんとした香りだ。ゆっくりと傾け、少し口に含む。喉《のど》を通ったとたんに頭がぼうっとした。そして、何だかすっきりとした。

「ゆっくりだよ」と隣に坐《すわ》った父の声。

「美味《おい》しい……気がするわ」

「それは良かった」と声。声は穏やかだ。

　私はまた昼間の問いを続けてみる。「『罪と罰』の原作は『嵐が丘』より長いの？」

「長いね、ずっと長い」

　――でも、読んで欲しい――と、喉まで出かかり、黙ってしまう。父も黙っていた。

「目が見えればいいのに」と私はつぶやいた。そう思ったことは何度もあるが、口に出したのは初めてだ。

「そうだね」と声が聞こえ、膝《ひざ》に父の手が載った。私はまた父が立ち上がってしまうような気がし、凭れかかる。そしてまたお酒を飲んだ。

何だか力が抜け、それでいてうきうきする。お酒のせいだろうか？　父とくっついて坐っているのが、堪《たま》らなく心地よく感じられた。「私、何だか楽しい」と言ってみる。

「私もだよ」

「何もしないで、こうして坐っているだけでも？」

「レイアが横に居るからね」

「私もそう思ったの！」

そして、私たちはまた黙ってしまった。

いい気持ちだ。今日はCDも掛けないけれど、いい気持ちだ。父の温もりを感じ、ダークの寝息と虫の声しか聞こえない、しんとした部屋。父がグラスにお酒を注ぐ。

しばらくして、父は「明日《あした》が何の日か分るかい」とつぶやいた。

「明日？」と聞き返す。九月の十四日だ。何の日なのだろう？　私が知っている何かの日というのは私の誕生日、ワルプルギスの夜とかいう四月の三十日だけだ。

「明日はね」と父は静かに続けた。「おまえがここへ来た日だよ。九年前の九月十四日に、おまえはここに来たんだ。十五夜だった。満月の……」

「憶《おぼ》えていない」と私は言う。ここに来て、最初の方の記憶はダフネの怖かった声と……絶望的な思いだけだ。思い出したくもない。「十五夜って？」と聞いた。

「月を祭る日だよ。レイアには見えないから、言ったことはないが、十五夜の日におまえはここに来たんだ。かぐや姫かもしれないな」

「かぐや姫？」

「はは」と父は笑い「これも言ったことがなかったね。どうも酔ったようだ。かぐや姫はね、物語のお姫様だ。月から来て、月に帰るのだよ」そして「ムーンレイカー」と父はつぶやいた。

ムーンは知っている。MOON……月だ。レイカーは何だったろう？　分らない。聞こうとし、少し躊躇《ためら》った。さっきから父は訳の分らないことばかり言っている。それも独り言のように。あまり聞いてはうるさいだろうか？　私はお酒を飲んだ。ぼうっとして気だるい。

父のグラスに、またお酒を注ぐ音が聞こえ、「ムーンレイカーはまだ教えていなかったね。ムーンは……」

私はすかさず「月」と言う。

「そうだ、偉いぞ。レイカーは掻《か》き集めるという意味だよ。水に映った月を取ろうとする者、夢想者……つまり馬鹿者だ。馬鹿者という意味だよ」

「夢想者は……」と言いながら、グラスを父に返した。眠い。「馬鹿者なの？」

「馬鹿者だよ」と父は断定的に言い、私を抱き上げた。「おやすみ、レイア」

ベッドに寝かされ、父は額と頰に……そして唇に接吻《せっぷん》してくれたように思う。夢ではなく、本当に……いえ、夢だったろうか……

♠

「起きなさい！」と言う声がダフネの声だと分る前に、香りで飛び起きていた。すぐに「おとうさまは？」と聞いてみる。

「お出かけになられたわ。暴動が起きたのよ」とダフネは言った。「さあ、早く、着替えなさい。時間がないの」

顔に押しつけられた服は、昨夜サイド・テーブルに置いたシャツとズボンだった。

「お顔、洗ってくる」と言うと「いいから着替えなさい！」と声。まだぼんやりしていたが、慌ててベッドから下りて着替える。父は……父は……出かけた……暴動が起きた……大変だ！　どうしたら良いのだろう……父が……居ない！……ダークはどこ？……そして、すぐに気づいた。髪が短くなっている！　手を当てると四、五センチ……いいえ、首の辺りは二センチくらいしかない！

「寝ている間に切ったのよ。鬱陶《うっとう》しいから」とダフネの声。「早くズボンを穿《は》きなさい」

ズボンを穿きながら涙が滲《にじ》んできた。でも泣かない。何が起きたのだろう。何が起きるのだろう。でも、今はダフネしか居ない。頭が麻痺《まひ》したようにぼうっとなってくる。ダフネが側に居るといつもこうだ。恐怖で頭が凍りつき、ただどきどきするだけ。考えられなくなる。

ズボンを穿くと、すぐにダフネが私を持ち上げ、ベッドに坐らせ、そしてソックスを渡された。そのときに気づいた。ダフネがいつものスカートを穿いていない！　糊《のり》で固めたあの固いスカート、がさがさとうるさいダフネのスカート……ソックスを穿き終えた私は手を前に伸ばしてみる。それは思いがけずダフネの顔に触れたようだった。慌てて手を引っ込める。ダフネはしゃがんで私に靴を履かせていた。これも、昨日、父から貰《もら》った靴だ……そしてダフネは居なくなった……いいえ、すぐに浴室から水音が聞こえてきた。私はまた髪に手を当てる。腰まで伸びていた髪……いつも、いつも、父が「美しい髪だ」といいながら梳《す》いてくれた髪……父は出かけた……どこへ……戦いに……息が詰まりそうになった。とたんに顔に熱いタオルを当てられる。

「目が醒《さ》めたでしょ」と冷たい声。「さあ、自分で拭《ふ》きなさい。顔を洗っている暇はないのよ」

「いらっしゃい」とダフネは私の手を摑《つか》んだ。

「どこへ」と言いながら私はダフネの手に引っ張られて歩いている。ごわごわとしたいつもの手袋の手だ。でも、ダフネはすぐに立ち止まった。そして手は放され、瞬く間に私の胸に何か押しつけられた。プゥ……プゥを抱いたとたんに、また手を引っ張られる。そしてドアが開き、廊下に出、私は左の方へと歩いていた。

「いや！」と私は手を振りほどき、叫ぶ。この先は階段だ。降りたことのない階段だ。

「お黙りなさい！」とダフネは言った。私は竦《すく》み上がる。私を凍らせるこの冷たく無慈悲な声……これが過ぎるとダフネの手が飛んでくる……でも、何も起こらず……ダフネの凍《い》てつくような声がまた聞こえた。「ぐずぐず言っている暇はないの。王の身を危険に晒《さら》したいの」

肌が粟立《あわだ》ち、全身に悪寒が走った。やっとのことで「おとうさまに会いたい」と言う。「ダークはどこ？　おとうさまと一緒なの？」

ダフネは答えず「二歩歩いて、そこから階段よ」とだけ言った。「いつもベランダから階段を降りて中庭に出ていたでしょう。階段の幅は変わらないわ。さっさと降りて！　それとも、ここに独りで残されたいの」

ダフネの手が再び私を掴んだ。私は引かれるままに階段を降りる。何か……大変なことが起きたのだ……暴動……父の声が蘇《よみがえ》る。「暴動とは暴力だよ」……引かれるままに私は歩く。父はどこに居るのだろう？

ドアが開き、外に出たことを知った。でも中庭ではない。降りてはいけない階段を降りたのだから、その先のドアは、父がいつも城下や国外れへと行くときのドアだ。知らない外だ。

知らない外……そしてダフネに「この中に入るのよ」と手を持ち上げられた。手首を摑まれたまま、輪郭をなぞらせられる。

熱した固いもの……私の胸の辺りから下に弧を描き、その中は空洞……いいえ、ソファのような革のクッションに触れる……押されるように中に入る。

坐《すわ》ったとたん「動かないでね」と言われ、ばたんと音がする。慌てて触る。革のクッション……そして上は硝子《ガラス》……『動くな』と言われていた。でも、ここはいったい……右側で音がし、香りと共にダフネが入ってきた。右側でもばたんと音がする。すぐ横にダフネが坐っている。並んで……ダフネと並んで坐ったことなどない。ここは何なのだろう……ダフネの香りで一杯だ。ダフネの腕が顔の前を動き、左側でかちっと音がした。それから「プゥを足元に降ろしなさい」と言われる。降ろして上体を上げたとたんに肩に何かを掛けられ、お腹の当たりでかちっと音。そして膝《ひざ》の上に再びプゥが戻された。

肩から掛けられた物に触るとベルトのような物だ。肩から腰に斜めに掛かっている。

私は椅子に縛られた！「これ、なに！」と叫んでしまう。

「騒がないで。単にシート・ベルトよ、馬鹿ね。あなたは車に乗ったの。怯《おび》えないでちょうだい。小さいときに乗ったことがあるでしょう」

車……思っている間に音がして、動きだしたのを知った。「どこへ行くの？」と聞く。

「安全な所よ」

「厭《いや》よ、帰りたい！」

「黙りなさい！」という声に身が竦む。車……母と車に乗った。この音……この振動……でも、乗ったという記憶があるだけで、ろくに思い出せない……母の叫び……そして……目が見えなくなった。プゥを抱きしめても怖くてたまらない。何が起きたの？　どこへ行くの？　おとうさまは？　ダークまでなぜ居ないの？　怖くて何も考えられない。ダフネがすぐ横に居る。涙が溢《あふ》れてきた。

「泣かないで」とプゥを抱いた手に何かを押し込まれた。ハンカチーフだ。

「弱虫ね。あなたを見ると苛々《いらいら》するわ」とダフネの声。「シート・ベルトはね、安全の為に掛けたのよ。縛ったわけじゃないわ。きつくないでしょ？　怖い所へ行くわけじゃないの。だからうろたえないでちょうだい」——ダフネの声は冷たかったが、私を宥《なだ》めようとしているようで驚いた。ダフネの声はいつだって威圧的で、命令か威嚇《いかく》か、夜中の「殺してやる」という呪詛的《じゅそてき》なつぶやきだけだ。こんなふうに説明などしたことはない。何かとんでもないことが起きているのだわ……と私は思い、ハンカチーフで涙を拭いた。ダフネの声は続いた。「そう、涙を拭いておとなしく坐っていてちょうだい。もう小さい子じゃないんだから。王女なら王女として毅然《きぜん》としていてちょうだい。少しは自尊心ってものがあるでしょ」

拭《ぬぐ》っても拭っても涙が溢れた。自尊心……そう、誇り高く毅然としなければ……私はもう小さな子供ではない。車に乗っていようが、横にダフネが居ようが、ダフネと二人きりで居ようが……毅然としていなければ……王女なのだ。立派な国王の娘なのだ。もう、涙は流れない……深呼吸して、ダフネの方にハンカチーフを差し出し「どこへ行くの？」と聞いた。声は少し震えてしまったが、静かに言うことができたと思う。

ダフネは「持っていなさい」とハンカチーフを押し返したままだ。応《こた》えてはくれない。ハンカチーフを持ったまま、プゥを抱く。父が持っていたような麻のハンカチーフだ。音と振動……車は走っている……まったく知らない所を……どんどん別荘から離れている……本もピアノもカセットもテープも置いてきたまま……昨日までの日々も……どこへ？　もう帰れないのだろうか？　父は？　ダークは？

――おとうさまの所へ連れていって――と言おうとしたとき、手に何かが触れた。

「プゥを脇に置いて」と言われ、そうしたとたん、膝に何かが置かれる。ランチ・ボックスだった。そして「朝食よ。お上がりなさい」と声。

食欲などまったくなかった。でも「食べなさい！」と声は続いた。

蓋《ふた》を開ける。サンドウィッチとプラスチックの筒型の容器が二つ。容器の蓋を開けると液体だ。指を入れ、口に含む。オレンジジュース……喉《のど》は渇いていた。ジュースだけ飲む。そして「おとうさまの所へ連れていって」と、精一杯冷静な声で言ってみた。アンナ・カレーニナが夫に向かって「出ていきます」と言ったときのように威厳を籠《こ》めて……

「……醒めた？」と声……ダフネの声だ。「起きたの？　起きたのね？　起きなさい。着いたのよ」

膝には何もない。でも左手がプゥに触れた。プゥを抱く。

プゥを抱きしめる。ここはどこ？

車の音だ。それも何台も、何台も、すぐ側を走っている！　今までに聞いたこともないほどの車の音だ。街なのだろうか？　城下に来たのだろうか？　思いを察したように「城下よ」と声。「危険な所ではないから、怖がらないで。慌てないで、ゆっくりと外に出なさい」

ダフネはいつの間にか私の左側に居た。車の外、開いたドアの向こう……外に。

「いや！」と、プゥの上に顔を伏せる。怖かった。堪《たま》らなく怖かった。

「出なさい」と声。

ベルトも外されていた。おそるおそる脚を出し、腰をずらし、脚が地面に触れる。

そして外に出た。

暑い陽射しと微《かす》かな風、そして車の音……沢山の疾走する車……身体が震え、また涙が溢れてきた。怖い……怖い……怖い……

ばたんと背後でドアが閉まる。思わずダフネの方に手を伸ばすと、身体に触れる前に手首を摑《つか》まれた。でも、ほっとする。ダフネの存在にほっとしたことなど、かつてなかった。でも、今はダフネしか居ない。こんな所で取り残されたら、どうしてよいのか分らない。父だったらしがみついていたと思う。

ダフネの左手が私の手を握り「黙って付いていらっしゃい」と声。そしてダフネは歩き始めた。今までになくゆっくりとした歩みだ。今、車の音はダフネの側から聞こえてくる。足元はとても固い。芝生でも土でもなく、浴室のタイルのように固い。

「左に曲がるわ」とダフネが言った。私は抱いているプゥを顔に押し当て、涙を拭《ふ》く。毅然としなければ……と、思う。車の音は後ろになり、だんだん遠のいていった。そして聞き慣れた音……風に揺れる枝の音、雀の声が聞こえてきた。中庭の崖《がけ》ほどではないけれど、登り坂だ。とたんに車がダフネの向こうを通りすぎて行った。

「怖がらないで」とダフネの低い声。「怖い所ではないわ。だから慌てたり、騒いだりしないでちょうだい」

中庭の端から端までよりもっと歩いた。鴉《からす》の声……そして変な香り……そして人声！前の方から女性の声、和やかな笑い声だ！テープではない！本当にひとの声だ！笑い声は近づき、すぐ脇を通り過ぎていった。二人だ。通りすがりに「最近は男性も……」と笑いに紛れた小さな声が聞こえた。

ダフネが「静かに歩いていれば大丈夫よ」と言う。そして立ち止まり「こっちよ」と右に向かった。あのひとたちは何だろう？——最近は男性も……——穏やかな声と笑い……まるでダフネも私も見えなかったように、通り過ぎていった。暴動が起きたことも知らず、私が王の娘だということにも気づかなかったようだ。

いつの間にか草の上を歩いていた。中庭のような芝生の上だ。いつか雀の声より鴉の声が勝っていた。車の音は遠くなったが、四六時中聞こえてくる。今は沢山の鴉、鴉、鴉の声……森にでも入ったのだろうか？いえ、陽射しは汗ばむほどに強い。眼鏡を置いてきてしまったので、瞼《まぶた》を閉じて歩く。樹のざわめきは時折聞こえるけれど、風も感じる。開けた草地だろうか？それに変な香り……私はダフネの香りが前より薄くなっていることにも気づいた。外気と変な香りのせいだろうか？

「着いたわ。右よ」と声。「階段よ。一段」

ダフネに引っ張られて登る。そして膝《ひざ》くらいの高さにある平たい石に触らせられた。

「そこに坐《すわ》りなさい」

私は坐る。日陰。石もひんやりとして気持ちがいい。頭上に鴉の声、遠く車の音、人の気配はない。ほっとする。十分……いえ、そんなにも歩かなかった……でも酷《ひど》く疲れてしまった。車やひと、知らない場所……外の世界……ダフネが手を放そうとしたので、慌てて握る。

「呆《あき》れた弱虫ね」とダフネが囁《ささや》く。「いいわ、立ちなさい。坐って居た石をゆっくり辿《たど》ってごらん。居場所の様子が分れば少しは落ちつくでしょう。私はここに居るわ。動かないから、安心して自分で確かめなさい」

石は表面が少しざらざらしていたが、十センチくらいの幅で延びていた。そのまま伝って右に行くと直角に折れている。そして……ここは……この場所は……ベッドの幅と同じくらい、長さはベッドより短く、ほぼ真四角の囲みになっていることが分った。囲みの一箇所は切れて私たちが入った階段になっている。そして階段の向かい、囲みの中に四角い石柱のようなものが立っている。酷く狭い場所だ。階段を確かめ、また囲みに手が触れたとき、ダフネが私を立たせ、元の場所に坐らせた。

「ここはどこ？」と私は聞く。

「自分で今、確かめたでしょう。いい？　この囲みの中に居れば安全なのよ」

「どんな場所なの？」

「樹が何本か生えているわ。それに沢山の鴉。分るでしょう？　車は絶対に来ない。ひとも滅多に来ない。もし声や足音が近づいてきても、知らん顔をしてそこに坐っていれば大丈夫よ。あなたが落ちついていればね。いい？　とても大事なことよ。しばらく……そう、一時間も掛からないわ。ここでおとなしく坐って居なさい。何があっても囲いから出てはだめ。できるでしょ？」

「独りで！」と私は悲鳴にも似た声を上げてしまった。

「一時間そこそこよ。ここに居れば大丈夫なの。絶対に大丈夫なの。ただ坐って居ればいいだけよ。囲いから出ないで、それだけよ」

「どこに行ってしまうの？　また、すぐ……一時間で帰って来る……来てくれるの？」

「ええ」とダフネの声の氷が少し溶けた。「父親が来てくれるわ」

「おとうさまが！」

張り詰めていた心が一度に緩んだ。もう何も怯《おび》えはしない。一時間、ここに居れば父が来てくれる。車の音は遥《はる》か彼方《かなた》だし、ひとの気配もない。おとうさま！　木々と鴉……怖いものなどない。一時間くらい……すぐだ。

ダフネが私の左手を取り、すぐ横に置いた紙の袋に触らせた。「飲み物とお菓子よ。大丈夫ね？」

「ええ」と私は応《こた》えた。

ダフネは黙って私を見ているようだった。私はもう一度「大丈夫よ。待っているわ」と応える。

そのまま、何も言わずダフネは囲いから出ていった。でも、なぜか……しばらく階段の前に立っていたようだ。

しばらくしてから芝を踏む足音が遠ざかっていった。

もう二、三十分経ったろうか？　居間にあったような指で触れる時計があれば、と思う。二度、階段の外をひとが通った。二度とも一人だ。でも、ダフネの言うとおり、大丈夫だった。囲みといっても、腰掛けの高さだし、そのひとから私は丸見えだったろう。でも何も言わず、歩調も緩めず通り過ぎていった。ここは安全なのだ。そして何があろうと、父が来てくれる。鴉は啼《な》き続け、間近に羽音を聞くこともあった。どれくらい居るのだろう？　別荘では他の鳥の声はよく聞いたが、鴉の声など滅多に聞かなかった。父は前にポーの『大鴉』を朗読してくれた。——また鳴けめ——また鳴けめ——鴉は死者の使いだという。でもただの鳥じゃない。怖くなどない。喉《のど》が渇き、紙の袋を開けてみた。丸い筒……取り出してみると紙のコップみたいで、びしょびしょに濡《ぬ》れている。漏っているのだろうか？　と驚いて確かめてみたが、よく分らない。取り敢《あ》えずどっとこぼれてくるということはなさそうだ。そして薄いプラスチックのような蓋《ふた》がしてあり、そこからストローが伸びていた。不思議なコップ……飲んでみるとアイス・ティーだった。とても冷たい。別荘を出てから随分経つように思うのに、なんでこんなに冷たいのだろう？　紙の袋にはドーナッツも二つ、入っていた。そう……私は車の中で寝てしまったようだ。気がつくと車が沢山疾走する所に居た……あんなに不安だったのに、寝てしまうなんて……我ながら呆れてしまう。そして今は、全く知らない外の世界に独りで居るというのに、ドーナッツなんて食べている。呑気《のんき》なお姫様と可笑《おか》しくなる。もう少しだわ。もう少しで父が来てくれる。ダフネは「父親」と言った。いつもは「王」か「国王」と呼ぶのに。なぜだろう？

ドーナッツを食べてしまい、アイス・ティーも飲み終り、空のコップを紙袋に戻したときだった。誰かが小走りにこちらに駆けてくるのを感じた。父だろうか？　鴉が騒ぎ、一気に飛び始めた。大きな声と羽音、そして木々が揺れる。大勢だ。大勢の人がこちらに来る！　私はプゥをしっかりと胸に抱く。父だろうか？　それとも……暴徒……「だれ！」という叫びを辛《かろ》うじて呑《の》み込んだ。――囲いから出なければ大丈夫――とダフネは言ったはず。絶対に大丈夫と。私さえ落ちついていれば……

「れいちゃん！」と声。そして駆け寄ってくる足音。遠くからも何か声が聞こえた。「待ちなさい」だろうか？　急に騒がしくなった。皆で駆けてくる！　こっちに！

また同じ声が「れいちゃん」と叫ぶ！　私は立つ。父ではない。――れいちゃん――？　私のことだろうか？　女性の声だ。ダフネの声でもない。そして、また「れいちゃん！」と声はますます近づいてきた。何だか大袈裟《おおげさ》に聞こえる。聞いたこともない女性の声。

「プゥ、助けて」と私は言っていた。

囲みの中に声の主は飛び込んできた。そして私の肩を摑《つか》んだ。驚いて声もでない。

「れいちゃん、れいちゃん、あなたなの？　ああ、あなただわ。あなただわ」

やっとのことで「放して」と私は言い、逃れようとしたが、肩を摑んだ手はとても強く、逃げるどころか強引にプゥごと抱かれていた。むっとする香り。そして額の辺りで「おかあさんよ、おかあさんなのよ」と聞こえた。

死者だ！　鴉《からす》の化身だ！　私はもがいた。「母は死んだわ！　死んだのよ！」

「れいちゃん……」と、驚いたような声が聞こえ、すっと身体が離れた。逃げなければ、と思う。と、またしても間近で「れい」と太い声。「れい、おとうさんだよ。れい」

「違うわ、違う！　おとうさまなんかじゃない！」——私は叫び、とにかく階段の方に逃げようとした。でもすぐに捕まえられた。そして何十人もの人が周りに居るのを感じた。ダフネに騙《だま》されたのだ。私は敵の手に落ちた。

「とにかく病院へ」と聞こえたような気がする。そして分らなくなった……

囚われの身

私はベッドに寝かされている。病院だそうだ。「医者」と「看護婦」、そして「両親」だと自称する者たち、「警察の人間」というのに囲まれていた。

私はすぐに目を調べられた。信じられないことだが、また目が見えるようになるという。そして私の目を調べた医者は「それが一番の優先事項です」と言った。以来、医者と看護婦、それに母と自称する者しか来なくなった。

私は誰も信じない。私が口を開くと、一様に皆、黙ってしまう。それはまったく異種の物に囲まれているような、居心地の悪さを感じさせる。彼らは酷《ひど》くぎこちなく、何だか困っているような声音で話す。

——父の言葉が蘇《よみがえ》る——「この国ではね、目の見えない者は魔女だと思われているのだよ」——そうだ……私は魔女だと思われているのだ。

身体に危害を与えられるわけではない。何か……私を恐れているようにすら感じる。魔女だと思い、怖がられているのかもしれない。言葉は兵士たちの言葉ではなく、父と話す言葉だ。でも何を聞いても分らない。異質の世界だ。私はもう叫ばないし、あまり口も開かない。会話が虚《むな》しいと感じたからだ。毅然《きぜん》としていなければならない。看護婦は言った。ここは「特別室」で、「病院の一番高い階の一番奥にあり、幾つものドアを経なければ来ることはできない」と。「だから、安心して。警察もマスコミも、誰も寄せつけないわ。手術を無事に終えるためにね」

マスコミとは何だろう？「私は魔女ではないわ！」と叫んでしまった。もう叫ばない、と決めたのに……

「とにかく」と、戸惑ったような声が返ってきた。「ここは安全なのよ」

そんなことは信じない。

部屋には鍵《かぎ》が掛かっている。プゥも居ない。父から貰《もら》ったシャツも、ズボンも靴も……ソックスさえ失《う》せ、パジャマと称する変にゆったりとしたシャツとズボンを着せられている。私の物は皆、取り上げられたのだ。

♠

ドアの外から「もりよ」と声。

私は「どうぞ」と応《こた》える。――看護婦――だと言い、食事を運んできたり、薬を飲ませたり、目薬を挿したり、体温を計ったりする。

鍵の開く音、そしてドアが開く音……身構えた私に「昼食よ」と声が近づいてきた。

私は「あの『女』はどうして来るの？」と聞いた。もりの声は柔らかく、穏やかで、少なくとも「敵」の中では、もっともまともに話ができそうに思われたからだ。

「おんな……」と、彼女は呆気《あっけ》に取られたように言い「あなたのおかあさんなのよ」と続けた。

「母じゃないわ。母は死んだの」

彼女は上体を起こした私の布団を意味もなく整えた。黙っている。私は言った。

「マスコミってなに？　それに警察は知っているけど、私は罪人じゃないわ。ラスコーリニコフじゃないもの。なぜ、警察が私に会うの？」

「ごめんなさい」と彼女は困ったように言った。「私が変なことを言ったから。今は手術のことだけ考えて。目が見えるようになるのよ。体調を整えて。あまり考えないで、穏やかにしていた方がいいわ。目が見えるようになってから、他のことはお話ししましょうね。ゆっくりと。心配することは何もないの。だから落ちついて」

「私は落ちついているわ。でも、あの『女』を来させないで」

「私には、そんな力はないのよ」と彼女は済まなそうに言った。「でも、さわ先生にお伝えしてみるわ。さあ、しっかりと食べて。明日《あした》は朝食がないのよ。体力をつけないとね」

彼女がおずおずと私の手を盆の縁に導き「また、来るわね。ちゃんと食べてね」と囁《ささや》き、部屋から出ていった後、私は微《かす》かな好意を彼女に感じていた。彼女の裡《うち》に悪意も強要も感じず、善意に満ちた気遣いだけを感じたからだ。

陶器でも磁器でも硝子《ガラス》でもない。変な食器。そして不味《まず》い食事。でも黙々と食べる。「母」という女が持ち込んだ菓子や、果物がサイド・テーブルに載っていたが、手をつける気にはならない。甲高い声、そしてすぐヒステリックになる女……ダフネのように怖くはないけれど、馬鹿みたいだ。あの女の声を聞くだけで、苛々《いらいら》してくる。

——明日、手術だという。そして明後日《あさって》には、物が見えるようになるのだという。「多分……」とさわという女医は言った。淡々とした話し方だ。「過剰な期待を持って、興奮しないように」とも。

興奮などしていない。信じていないからだ。手術と称する拷問だ。魔女に与える拷問だ。

部屋は別荘の寝室くらいの大きさだ。ベッドは壁にぴったりと付けられ、ベッドの横にサイド・テーブルがある。壁に作り付けの洗面台。その横にトイレのドア。折り畳みの変な椅子が二つ。それだけの部屋だ。窓は一つ、そして、医者や看護婦の出入りするドアは錠がおりている。母と称する女は「監禁しているわけではないのよ」と言った。「あなたを守るためよ」——そんな言葉など信じない。私は監禁されている。

女は「あなたは誘拐されたのよ」とも言った。——幼い頃、車の事故で病院に運ばれた。車の窓硝子の破片が目に入っていた。身体の傷や発熱。そのうち目の傷からバイ菌が入って化膿《かのう》し、白内障という目の病気になると言われた。抗生物質という薬を与えて化膿を抑え、熱が収まりしだい、白内障の手術をするはずだった。そして手術の前日に、病院から攫《さら》われたのだ――と。おとうさまは私を誘拐した犯人で、悪人だと。私の名前はレイアではなく「れい」だと。

冗談じゃない！　と布団を叩《たた》いたとき、「もりよ」と声。

靴音が響き「早すぎたかしら？」と彼女は言った。「食欲がない？」食事のことだ――不味い食事のことだ。私は黙ってうなずく。彼女の微かな身動《みじろ》ぎの音、息づかいで、何か躊躇《ためら》っているのを感じた。私は黙っていた。好意を持ち始めた……とは言っても微かなものだ。ここでは必要最低限の口しか利かないのがいちばんだと、分ってきた。

やがて彼女は「おかあさんがいらしているの」と言った。「これはおかあさんからのお菓子」と何か膝《ひざ》に載せる。「今……先生の所にいらっしゃるわ。もし……お連れしても……いいかしら？」

「いや」

「どうしても？」

「囚人でも拒否する権利があるのなら、会いたくないわ」

「囚人だなんて」と彼女は驚いたように言った。「囚人なんかじゃないのよ。ただ……今は……あなたは目も見えないし……それに事情もあって……鍵を掛けているだけなの。すぐに分るわ。でも、今は、我慢して。目が見えるようになったら、きっといろいろ分るわ」

「あの女は入れないで」と私は繰り返した。

「分ったわ、安心して」と彼女は、どこか嬉《うれ》しそうに言った。「おかあさんからの言《こと》伝《づ》てよ。何か欲しい物はない？　あったら何でも言って……そう、おっしゃっていたわ」

「プゥと『罪と罰』！」と思わず言ってしまった。

彼女は応《こた》えない。

私は「無理なのね」と言う。

「ぷぅと罪と罰って……」と声。「よく分らないわ。教えてくれる？　一つずつ」

「プゥは私が持っていた熊さんのぬいぐるみ。返して欲しいの。なくなってしまったわ。それから『罪と罰』は物語のテープよ。作者はドストエフスキー。ああ、それに、聴くためのカセット・デッキも」

「ああ、そう」と声が弾んだ。「ぬいぐるみ……と……『罪と罰』のテープ、それにカセット・デッキね」

「そう」

「分ったわ。伝えます」と額に手が触れる。「食器を下げるわね？　もし……食欲が出たら、お菓子でも……右側のテーブルには葡萄《ぶどう》やバナナもあるわ。ウェット・ティッシュの場所も分るでしょ？　屑籠《くずかご》はテーブルの前よ」

私はうなずく。そして彼女は出ていった。

膝に在るのは四角い箱だ。別荘にあったオルゴールくらいの箱……揺すると中で何かが動いている。音はほとんどしない。私は箱を壁に向けて投げつけた。壁に当たる音、床に落ちる音と、鈍い音が二度聞こえた。あの女の持ってきた物など食べたくない。そしてもりはダフネのように、私を叱りはしない……

午後、医者の所に連れて行かれ、「眼圧」とかを計られたりする。

帰りの廊下で、もりは「テープ、あるといいわね」と言った。彼女の手は私と同じくらいの大きさだ。父の手より柔らかく、父の手ほどあたたかくない。私は返事の代わりに握っている手に力を入れた。「明後日には、もう一人で廊下を歩けるわ」と彼女は言った。

夕食後にテープとカセット・デッキが届く。プゥは返らない。

い、もりは「プゥのことだけどね」と、済まなそうに言った。「おかあさんは警察に言ったそうだけど……まだ、しばらくは無理みたいなの。……もう少し待ってね。テープも、おかあさん、あちこち探されて、やっと手に入れたそうよ」

私は黙ってカセット・デッキに触れる。——なぜ、プゥが警察に居るのだろう？　プゥが罪を犯したとでもいうのだろうか？　彼女は悪人ではなさそうだけれど、少し愚かなのではないかと思った。

テープの手触りは同じだったけれど、カセット・デッキは別荘にあったのと違うものだった。彼女に使い方を聞く。

「停止」、「再生」、「巻き戻し」、「録音」……「録音」とは何だろう？　聞くと「音を吹き込める箇所」だと言う。よく分らない。そう……父が「触れてはいけないよ」と言っていたボタン……

「ここを押すと、入っている音が消えてしまうの？」

「そう、そうね」と声。やはりそうだ。父の言ったとおりだ。テープを聴くのに必要のないボタン……停止、再生、巻き戻し……取扱いは大差ない。安心する。そして嬉しかった。

「テープの上巻はどっち？」と聞く。

「ああ、そうだったわね」

「セロテープを張って。上巻の方のケースと、それにテープのA面に。触って分るように」

「今までも、そうしていたの？」

「そう」

「これを……『罪と罰』を聴いていたの？」

「これは……」と、言ってから口を噤《つぐ》んだ。

「待ってて」と彼女の声が上擦った。「セロテープを持って来るわ。すぐよ」と部屋から出ていく。

　彼女は私を探っている……母と称する女と同じだ……やはり敵側の者……油断をしてはならない……

　テープを聴いていると、まるで別荘に戻ったようだ。

　父とダークに挟まれて坐《すわ》り、膝にはプゥ……もう元通りにはならないのだろうか？

　父は多分私の居場所も知らないだろう。どうしているだろう。こんなに父と離れているのは初めてだ。私たちは引き離された。ダフネによって。そして私はここから逃げる術《すべ》もない。まるで塔に閉じ込められたラプンツェルだ。髪も切られてしまったから、ラプンツェルより絶望的だ。そう、ダフネはやはり魔女だ。ラプンツェルを塔に閉じ込めた魔女だ。とりとめもない想いだけが流れていく。朗読は耳に入らない。でもラスコーリニコフの話し方は父と似ている。ここに来てからこんな話し方をする人間はいない。繊細で控え目な話し方、静かな声……別荘に居るようで落ちついた。父に会いたい……私は食べられたままの赤頭巾《あかずきん》になるのだろうか？　神の意志はランダム……神にとって、私がどうなろうと、神の知ったことではないだろう。怖くはない。死ぬのも平気だ。昔からダフネに言われ続けて、死ぬかもしれないという思いに慣れてしまった。居なくなるだけのことだ。消えるだけのことだ。不快で居るよりずっといい。父と離れて、こんな状態で居るのは耐えられない。手を伸ばす……つるつるした変な壁に触れるだけ……ここは別荘ではない……

声もなく、錠の外される音がし、ドアが開いた！

男の「回診だよ」と言う声。女の声が「明日《あした》に備えて、またちょっと診させてね」と続いた。二人だ。男の「そんなに怖い顔しないで。医者と看護婦だよ」と言う声。そして陽気な笑い声が近づいて来た。だが、今までに聞いたことのない声だった。側に来ると、医者は「やあ、どう？」と快活に言い、看護婦は「もうすぐ消灯よ」と言った。

私は黙っている。聴いていたわけでもなかったが、朗読の最中に話しかけられたことが不愉快だった。父は決してこんなことはしない。私たちの間にテープの声が流れた。

——追い詰められた獣と同じ直観だった——

そして声が消えた。医者か看護婦のどちらかが止めたのだ。

看護婦が「体温を計りましょうね」と言う。

右の瞼《まぶた》を持ち上げながら男が言う。「『罪と罰』とはね……『獣と同じ直観だった』……意味が分るの？」

私は戸惑う。どういうことだろう？　「テープの内容は分りますけど、あなたのおっしゃる意味は分りません」

「いや、まいったな」と朗らかな声。「本の朗読はよく聴いていたの？」

私は応《こた》えたことを悔やんだ。言葉には言葉が返ってくる。

「おや、どうしたの？　ここに来たときには随分いろいろ話していたのに」

私を知っている……声は初めてだけど、ここに来た私を、ただ黙って見ていたのだろうか？　囚《とら》われた私を……衝撃と絶望で取り乱してしまった私を……面白がって見ていたのだろうか？　卑怯者《ひきょうもの》……

「お話は、もう、したくないのかな?」と声はしつこく続いた。こんなふうに馴《な》れ馴れしく話しかけられる筋はない。相手の手は左の瞼に移っていた。右の瞼が痛い。「したくありません」と私はダフネの真似をして、精一杯冷たく言う。『追い詰められた獣と同じ直観』で」

「いや、まいったな」と声は笑いに変わった。「さあ、異常無しっと。今日は早く寝るんだよ。気を落ちつけてね」

口には出さずに思う。あなたたちが来る前は落ちついていたわ。掻《か》き乱したのはあなたたちじゃないの! と。

看護婦が目薬を挿す。「テープはまた明日ね。たくさん寝た方がいいのよ」

医者の声はあくまで朗らかで「じゃあ、おやすみ」と、瞼を弄《いじ》っていた手が私の髪をくしゃくしゃと掻き撫《な》でた。

そして出ていった。作られた朗らかさ……父なら何と言うだろう……愚か者の偽善……虚礼……そういう話し方だ……私はタオルで髪を拭《ふ》き、カセット・デッキを探し、再生し、ボリュームを上げた。

♠

翌朝、酷《ひど》く薄味の不味《まず》い野菜スープのような物を飲まされ、そして部屋に独り置かれた。もりが来て、母という女が会いたがっていると言った。私は拒否する。

私はテープを聴く。

――追い詰められた自分の運命に対する漠然とした恐れ――

私は恐れてなどいない。手術など怖くはない。拷問など怖くはない。ラスコーリニコフのような弱虫ではない。父は「原作を読まなければね」と言っていた。でもテープだって大筋は同じだろう。私がラスコーリニコフだったら、やはり自首などしないわ、と思う。殺したのは虱《しらみ》だ……でも……でも……今、ここに父が居てくれたら、どんなに良いだろう……

もりの声がして、ドアが開く。でも彼女だけの足音ではない。それにごろごろと微《かす》かな音……何かを運んできた……

「だれ?」

「麻酔の先生よ。怖くはないわ」――拷問の始まりだ。

着替えをさせられ、ベランダの階段の手すりのような物に触らせられた。その向こうに薄いマットのような物……全体に動く……これを運んで来たのだ。

「これに乗って」ともり。「怖かったら、抱いて乗せてあげるわ」

私は黙って独りで乗る。酷く細い、ベッドのような物だ。動くベッドだ。寝かされ、注射をされる。そして目薬……ベッドが動く。

ともりの「大丈夫よ」と言う声が上から聞こえた。そして私の顔を薬品臭い液で拭いた。彼女が居てくれて良かったと思い、そんなふうに思ってしまった自分を恥じる。

「あっと言う間に終ってしまうわ」と声は歌うように続く。「何の心配もいらないのよ。さわ先生はね、素晴らしい名医なの。任せていればいいのよ」

先生、看護婦、病室、診察室……何一つ信じてはいない。でも、少なくとも、ともりとさわの二人だけは自然に私と話す。他の人間のようなぎこちなさがない。あの淡々とした感じで拷問をするのだろうか？　考えるのはよそう。冷静に……落ちついて……取り乱したりしない。私は王女なのだから。

診察室へ行くときに乗るエレベーターに入る。階を垂直に降りるものだと聞いたが、一瞬ふわっと浮くようなこの感覚には、慣れることができない。そして、いつもより短い時間で、戸が開いたのを知る。

「もうすぐよ」ともりの声。そしてドアの開く音とは違う音が聞こえた。

何人かの人の気配がする。

「神の意志はランダム」とつぶやいていた。

彼女が「え?」と言う。

「何でもないわ」と彼女の方に向かって笑った。そして笑った自分に驚いた。なるようになれ……恐れてはいない。そして今度は抱かれて、また違うベッドに移された。

大勢の人間が私を囲んでいる。足掻《あが》いたところで、どうなるものでもない。

人々は私の腕や鼻、そして身体のあちこちに何かをつけた。そして、もりが囁《ささや》いた。

「さわ先生がいらしたわ」

さわ医師は動作の一つ一つを説明した。例えば「今、表面麻酔をしますからね。これで痛みは感じなくなりますよ。目を弄《いじ》るのだから、不思議な感じはすると思うけど、痛くはないから安心してね」とか、「これはね、瞼を開けておくための装置なの。痛くないでしょう?」とかだ。

「ええ」と言っている自分の声がとても遠くに聞こえる。

拷問とは、肉体に痛みを与えることではなかったか? でも、今……目は何も感じなくなっている。触られているのは感覚として分るけど、麻痺《まひ》している。不思議だ。

痛みはほとんど感じなかった。それでも目の中を……目の奥を……ぼんやりとはしているが、意識のあるままに、肉体の中を弄られているという、不快感は拭《ぬぐ》えない。

だが、何よりも驚いたのは、それまでに見たこともないような輝く青の世界に包まれたことだ。そして光……父は私を「光の娘」と言った。でも、私の中で、光の記憶は褪《あ》せていた。光とはこんなにも美しく輝く、生き物のようなものだったのだ。拷問ではない……と、私は青と白の輝く光の乱舞の中で思った。目眩《めくるめ》くような光の世界！　夢のように美しい世界！　肉体を弄られているのは確かだ。でも、これは拷問ではない。では本当に目を……私の目を見えるようにしてくれているのだろうか？

医師が「眼内レンズを入れるわよ。もう少しですからね」と言う。甘い声だった。

——目の奥を弄られているという感覚はそれが最後だった。何かちくちくと引っ張られているような感じがし、そして、それが終ると、鮮やかな青も輝く光も徐々に弱まり、それから目に何かを当てられ、闇に……今までの闇よりもっと暗い……そう、真っ黒になった。「お仕舞いよ」と医師の声。「模範的な患者さんだったわ」

漆黒の闇に包まれ、私が恐慌状態に陥らなかったのは、「お仕舞いよ」と言った医師の声だった。それは父の「大丈夫」という言葉と重なった。何が起きようと、私を安心させる声の響き……「大丈夫……お仕舞いよ」——何はともあれ、終ったのだ。

身体に付けられていたさまざまな物が外され、目醒《めざ》める前の、あの心地よい半睡状態……気だるく、肉体を時に泳がせているような感覚のまま、私はそこから運ばれ、多分……元の部屋に戻ったのだと思う……

どれくらい、そうした時の中をたゆたっていたことだろう……もりが、ずっと横に居てくれたように思う。そして「喉《のど》が渇いたでしょう」とオレンジジュースを飲ませて貰《もら》った。そしてプリンも食べた。ここに来て初めての美味《おい》しさだった。

ノックの音がして「夕食です」と声。もりが立ち上がる。

私は大分前からはっきりと目醒めていた。

それでも幼児のようにストローを口に入れられ、プリンを載せた匙《さじ》を一匙、一匙、食べさせてもらっていたことを思い出し、多少うろたえたまま、黙し、動かずにいた。

右手をそろそろと上げ、目に触れてみる。次いで両手で触れてみる。

「弄らない方がいいわ」と、ドアの方からもりの声。「うっとうしいでしょうけど、明日《あした》には取れるのよ」と声は近づいてきた。

「明日、取ってくれるの？」

「ええ、明日の朝にはね。今夜一晩我慢するだけよ」

分厚い布で目が覆われていた。

セロテープとは違う感触のテープで張りつけてある。目の周りはまだ麻痺している。

そして鈍い痛み。眼球の奥で違和感……真っ暗な闇……ダフネの色……でも、不安はない。拷問ではなかった。本当に目の手術をしたのだろうか？……したのだ……

「見えるようになるの？」

彼女は「多分……」と躊躇《ためら》うように言った。そして、明るく「だから弄《いじ》らないで……一晩だけ我慢してね。さあお夕食よ。朝からほとんど食べていないんですもの。お腹空《す》いたでしょ？」

味も何も分らなかった。目の手術……見えるようになる……明日！……手術の時間がどれくらいだったか憶《おぼ》えていない。短かったようにも、長かったようにも思える。朝からの時を思い出す。

朝……スープを飲んだ。ここの朝食は八時頃だと言う。それからテープを聴いた。通して二時間半くらいのを、最後まで聴いた。そしてまた繰り返して少し聴いたときに、もりと麻酔医が入って来たのだ……「今、何時？」と聞いてみる。

もりの「五時十五分よ……」と言う声。

驚いた。手術後、随分とぼんやりしていたように思う。手術は……では……お昼前後のほんの短い時間だったのだ。そんなことで、この目が見えるようになる……まさか……信じてはいけない。やはり嘘だ！　そんな簡単に目が見えるようになるのなら、父がとっくにしてくれていたはずだ。別荘に幽閉されていたとはいえ、国王なのだ。……魔女のしるしか何かを付けられたのだ！　きっと！　遠くからでも、一目で魔女と分るようなしるしを……みせしめの為の……父が読んでくれた『緋文字《ひもんじ》』を思い出す。晒《さら》し者としてのしるし……野蛮で愚かな風習……

「だめ！」と、もりが叫び、私の両手を摑《つか》んだ。食器か何かが床に落ち、そして転がる音。彼女の手の力は声と同じくらいに強かった。こんな力があるとは思いもしなかった。「外してはいけないわ。辛抱して。一晩だけなのよ」

「この下がどうなっているか」と、私は努めて冷静に言った。「知りたかっただけよ」

「明日になれば分るわ。明日になれば見えるようになるのよ。たった一晩なのよ」

「嘘……」と、言いながら、私は彼女の言葉の響きに、何か心を打たれていた。「誓う？　神にかけて誓う？」

短い沈黙のあとで「誓うわ」と、静かな声が聞こえた。

私は笑いだす。「手を放して。私も手を下ろすから。でも、神の意志はランダムよ。誓いなんて……神にかけたって……何にもなりはしないわ」

「あなた……」と、おずおずと彼女が言った。「まるで……日本に居たんじゃないみたいね」

「にほん？」

「ええ、日本語を話しているのに、まるで、ずっと外国で暮らしていたようだわ」

「『にほん』ってなに？　『にほんご』ってなに？」

「日本って……この国のことよ。この国の名前よ」と、驚いたように彼女は言った。

「あなたが話している……私たちが話している言葉は日本語よ」

「私の話している言葉？　これを日本語と言うの？　では……What is this language?

What say this language?」

「え？　なんて言ったの？」

私はもう一度繰り返した。これは敵国の言葉だ。なぜ、彼女はすぐに分らないのだろう？

「『この言葉は何？　何語と言うの？』って、聞いたのよ」

「ああ……英語よ。ごめんなさい。英語が上手なのね」

「これはあなたたちの言葉じゃないの？」

「違うわ。私たちの言葉は日本語。あなたも私も日本人よ」

――あなたも私も日本人？　あなたも私も？　私たちの言葉……私たちの国……では、彼女は敵ではないのかしら？　私は敵に捕まったのではないの？　混乱してきた。この国……国に名前が付いていた……どうして今まで気づかなかったのだろう？

そう、父との間では、いつも「この国」、そして「敵国」、もしくは「隣の国」で済んでいた。そして兵士たちは……私たちを捕えていた兵士たちは……彼女の言葉に拠《よ》れば「英語」を話し、私と父は日本語を……そしてもりも……この病院の人間たちも……どういうことなの？　だめ……騙《だま》されているんだわ……騙されて……随分話してしまった……

「おかずが床に落ちちゃったわね」と声。「新しいのを持ってくるわ。……お願いだから、パッドを取らないでね」

「ええ……待って！　この国は日本で、この言葉は日本語で、私たちは日本人だと言ったわね？　では国王は？　王はどこに居るの？　今、どうして居るの？」

「国王ですって？　王様は居ないわ。王国ではないのよ」

「王はいない？　存在しないの？」

「ええ……いい？　すぐ戻ってくるわ」

彼女は王を……父を知らない。そして同じ言葉を話す。私たちの言葉と言った。どういうことだろう？　では、私は……父の国でもなく、敵国でもなく……同じ言葉を話す、別の国に居るのだろうか？　父は言っていた。この世には多くの国と、多くの言葉があると……そう……父の……私たちの国は何という名前だったのだろう？　この布……パッドと言うのだ……触れてみる……その気になれば、すぐに外せる……そう思い……手を下げた。

もりが戻り、私は食欲など無かったが、機械的にフォークを口に運んだ。

何が何だか分らなくなり、口を利く気も失せていた。

もりも何も言わない。ただ黙って側に居る。

しばらくして、私は「もうパッドには触れないわ。だから、側に居なくても大丈夫よ」と言った。そして何かしら意地悪な気分になって「私と居ると疲れるでしょう」と付け足した。

「ちっとも」ともりは笑う。「驚かされることは多いけど」

何に驚くのだろう？　私はおかしいのだろうか？　聞きたいことは山ほどあった。でも、あまりにも混乱し、状況もよく分らない。それに、どこまで彼女を信頼できるか……やはり迂闊《うかつ》に口を開くべきではない……それに疲れてもいた。頭が重くなり、睡魔が力強い両手を差し伸べている。私は布団の中に身を横たえる。

「じゃあ……食器を下げてくるわね？」ともりの声。「大丈夫ね？」

私はうなずく。そして足音が遠ざかり……ドアが開き、閉まった。

♠

目醒《めざ》めると、もりの「おはよう！」と言う声。

寝てしまったらしい。そして翌朝になってしまったらしい。驚いた。「ずっと、側に居たの？」

「大事な晩だから」と、もりは何か恥ずかしそうに言い、笑った。「起きていたわけではないのよ。補助のベッドを持ち込んで、私もちゃんと寝たわ」

――ありがとう――とでも言うべきなのか？　それとも監視の為なのか？……私は黙っている……

黙したまま、朝食を摂《と》り、彼女もほとんど黙っていた。

なぜか、テープを聴く気も起きない。私はぼんやりと父を想い、ダークを想い、警察に居るというプゥを想った。皆……どうして居るのだろう……

ノックの音が聞こえ「さわです」と声。

「先生！」ともりが小さく叫び、「先生がいらしたわ」と嬉《うれ》しそうに耳元で囁《ささや》く。すぐにドアが開き、足音が近づいてきた。でも、複数だ。私はベッドで上体を起こしていたが、両手を組み合わせる。

女医の「おはよう」と言う声。

私はうなずいた。他にだれが居るのか気になった。「大勢だわ」と言う。「先生だけじゃない」

女医の「院長先生とあなたのご両親だけよ。気にしないで」と言う声。そしてすぐに私のこめかみに女医の指が触れ、テープが剝《は》がされ、パッドが外されていった。最後の覆いが取られたとき、私は瞼《まぶた》を開いた。

ぼんやりと白いものが見え……そして遠ざかり……色が……色が見えていた！　信じられないほど美しい色……美しい色の手……手だ……手……それに……それに、その向こうに黒い塊と人の顔らしいもの！　この目で見ていた！　綺麗《きれい》なピンクが動き「どお？」と言う。――ピンクは唇で、その上に鼻、そして目、眉《まゆ》……この目で見ている！　本当にこの目で！　映像がはっきりとしてきた。見える……見える……「見えるわ……」

目の前の顔が笑顔になった。白衣を着た女性の顔……「さわ……先生？」

「そうよ」と先生は、もっと笑顔になった。綺麗なひとだ。

「れいちゃん！」と声がし、女性が先生を押し退けるように身を乗り出し、私の組んだ手を握る。声で母だという女だと分った。女は泣いていた。そしてその女も美しかった。唇の鮮やかな赤……何という美しい赤……そして美しいオレンジの服……驚くほど美しいオレンジ……「れい！」と肩に手が掛かる。父だと言った男……男の服はグレーだ。私はグレーの色に感嘆しながら手を振り払う。

「目を見せてね」とさわ先生の声がし、ありがたいことに二人は退いた。

私は「もりは？」と聞く。先生が振り向き、その後ろで白い帽子を被《かぶ》った白衣の女性が私を見つめていた。笑顔だが、頬に涙が伝っていた。

先生が笑いながら「さあ、ちょっとだから目を見せてね」と言う。

病院

病院での事は、思い出すたびに羞恥《しゅうち》で身が熱くなる。

目が見えるようになってから、私は……いや、僕と言うべきだろう。なぜなら、僕は男だったから。そして僕くらいの年齢では、大概の少年が、自分のことを僕と言っているから……もっとも、僕が自分を男だと知らされたのは、見えるようになった翌日、そして理解できたのは、それから一月も後だった。

見えるということは偉大なことだ。

僕は自身の喉仏《のどぼとけ》のある首を、平らな胸を、太い胴を、そして性器を……確認した。だが、それが男の特徴であることを……自分が女の子ではなく、男の子であると……理解するまでには時間がかかった。改めて、男とか女とか考えたことは今まで一度もなかった。何しろ僕はレイア姫として、物語と音楽だけの世界で育てられたのだ。それこそ異世界だった。女として扱われ、物語も、日常の会話も、男女の違いを感じさせるものは注意深く避けられていた。そして盲目だった。自分が男だなどと、夢想だにしなかった。姫君だったのだから！

僕は、僕が攫《さら》われた当時の新聞を見せられ、ニュース・フィルムのビデオも見た。また、僕が帰った日から始まった、現在の新聞記事、雑誌、週刊誌、テレヴィまで見た。すべては、死んだと思っていた……母の……言葉どおりだった。

驚異と混乱の日々……よく気が狂わなかったものだと思う。いや、周りから見れば、狂気の世界から通常の世界に返ったと見られたことだろう。とにかく理解するには時間がかかり、慣れる……それはまだ無理だ……現状の世界に合わせられるようになるまでには、かなり多くの時が必要だった。

しかも、まだ混乱のうちに……目が見えるようになった二日後に、警察官が押しかけてきた。敵だと思っていた病院の人々、監禁されていたと思っていた病室の施錠に、僕は守られ、保護されていたのだ。マスコミからは今も守られている。

だが、じりじりと僕の開眼を待たされていただろう警察官は、呆気《あっけ》に取られ、そして失望、落胆しただけだ。僕の話すことと言えば、何の役にもたたないことばかりだった。おまけに僕ときたら、まだ彼らが敵か味方か……はたまた関係のない他国の人間か……などと考え、極端に用心深く、猜疑心《さいぎしん》に満ち、口を閉ざすのが第一と思い込んでいたのだから……第一、物心ついてから、あの男とダフネとしか接触せず、話らしい話といえば、あの男としか、したことがなかったのだ。他人と話すこと自体、慣れていなかった。

警察官は根気強く、毎日訪れた。

だが、勢い込んで来て、当時、分ったことと言えば、僕が人里離れた……多分、山奥の家で暮らしていたこと。男と女、階下に何人かの男が居たらしいこと、犬が居たことくらいだろう。僕は、主犯と見られる男の名前はおろか、年恰好《かっこう》すら、言うことができなかったのだ。

僕が発見されたのは、青山墓地《あおやまぼち》だったという。僕の家の墓の敷地だったという。しかも、その日は、九年前の僕の攫われた日だったという。

突然、あの男から警察と、父の所へ、電話が入ったそうだ。ただ「九年前に攫った子を、大木家の墓の前に置いてきた」と……「迎えに行け」と……聞き返す間もなく、電話は切られたと……一分にも満たない電話だったと……

病院には、結局、半年居続けた。事後治療というのが名目だったが、実際には、精神異常を疑われたことと、異様なほどに高まったマスコミの攻勢から逃れるためだった。

マスコミには母が独りで対応していた。そして僕は、沢《さわ》女医の治療とともに、精神科医の治療も受けることとなり、病室に帰ってからは警察官たちの質問に答えるという日々を送ることとなった。

だが、そういうことを理解できるようになったのも、開眼してから一月以上後のことだ。

目が見えるようになった直後の僕の精神状態は、まだ外界を拒否し続けていたが、ただ、世界の美しさと、色と形の華麗さには目を奪われ、見ることの喜びだけに全神経が向けられていた。

状況としては、囚《とら》われの身が、別荘から病院に移ったにすぎない。見えるものといったら、病室と、そこからの風景、そして、眼科と精神科の部屋と、そこへ行くまでの廊下くらいのものだ。会うのは看護婦の森さんと、眼科の沢先生、精神科の磐城《いわき》先生、そして両親と二人の刑事くらいだ。たぶん、九年間暮らしていた別荘の方が、よほど美しかったことだろう。なにしろ一国の城の離宮と称されていたのだから……

それでも一月の間は、何の変哲もない病室の白壁、白いパイプのベッド、窓からの僅《わず》かな緑の木々と家並み……目に入る全てのものが、どれほど美しく見えたことか……会う人々の誰も彼もが、何と美しく見えたことか……目薬の白濁した、あるいはオレンジ色の液体にすら、僕は感嘆し、見入り、見る喜びに浸った。世界は色で満ち溢《あふ》れ、あらゆる色は悉《ことごと》く輝いていた。

赤、オレンジ、黄色、緑、青、紫……そう、紫色も知った！　藤色、菫色《すみれいろ》、鳩羽色、江戸紫、似紫、古代紫、紅紫……そして青、茶、灰色、黒……あらゆる色のきらめき……壁の汚れや傷、浮き出た錆《さび》、欠けたタイルの目地の汚れまでが、限りなく美しく見えたものだ。

どこを見ても、色と形の乱舞……それは、正に狂喜だった。すべてに驚嘆し、すべてに感動した。この世は美で溢れていた。僕は泣き、ぼやけた色や形に、またしても心が震え、また泣いた。

僕は森さんに「紫」という色を聞き、そして「ボッティチェルリの画集を見たい」と言った。『罪と罰』を本で読みたい」と言った。

森さんの、胸に付けられた名札を見て、「もり」が「森」という字だと知った喜び、頭の中だけに存在していた文字が、そのまま目に見え、なおかつ何の苦もなく読むことができたという喜び……本を自分自身の目で読める……どんな本でも、どんな文字でも読めるという喜びは、僕を狂わせ、沢医師から「そんなに急に目を使いすぎてはいけません」と、一時、画集も、書物も、取り上げられてしまうくらいだった。

そして、それは僕の知るところではなかったが、周囲では、僕が文字を知っていた……平仮名から片仮名はおろか、難しい漢字まで知っていた……それどころか英語まで知っていた……ということに、酷《ひど》く驚き、情報不足に焦っていたらしい母は、さっそくそれをマスコミにご披露し、マスコミはますます姦《かしま》しくなったようだった。ピアノも弾けると言ったら、皆もっと喜ぶだろう。狼少年の奇跡だ。

僕は、その一月、心だけは閉ざしたまま、ただただ目の悦楽に浸っていた。

初めて目にしたボッティチェルリの画集は素晴らしかった。溢れる色彩は壮大なオーケストラを聴くように、無尽蔵な色のハーモニーとなり、作品の一つ一つは物語を語りかけ、僕を酔わせ、夢中にさせた。だが視覚の世界に突如として導かれた僕は貪《どん》欲《よく》だった。言いなりになる両親に、僕は次から次へと画家の名を挙げ、その画集を届けさせた。ランブール兄弟、ファン・エイク、パオロ・ウッチェロ、ピエロ・デラ・フランチェスカ、レオナルド・ダ・ヴィンチ、ピーテル・ブリューゲル、ヨハネス・フェルメール、ダンテ・ゲイブリエル・ロセッティ、ジョン・エヴァレット・ミレイ、バーン・ジョーンズ、フェルナン・クノップフ、フェリシアン・ロップス、ギュスタヴ・クリムト、ハンス・ベルメール、サルバドール・ダリ等々……繰り返し、あの男から聞き……決して知ることのできない夢として、憧《あこが》れとしてだけ、心に刻んでいた画家たちの名だ。

父は……当時の僕は、まったく父だなどと信じず、従って相手にもしてはいなかったが……本当の僕の父は、驚いたことに画家だったので、画集は概《おおむ》ねその日のうちに届けられた。それでも何人かの画家は、僕が何度も名前を区切って言わなければならなかった。そして、それらの画家たち……僕が名を挙げた画家たちを傾向として考えると、それは一般の趣味とはかなり離れた……かなり偏った……偏愛というに類する傾向であったようで、口の重い僕からの情報として重要視されたようだ。つまり、僕を攫った男も画家ではないか……と、父は考え、警察も思い、マスコミにも広まったらしい。

父は有名な画家だと自称した。だから、犯人は父をライバル視する同じような画家……いや、父を妬《ねた》む、父よりも名の売れていない画家なのではないかと……

僕の数少ない言葉、とりとめもない言葉からでも、その男は九年の間、ほとんど僕と一緒に日を過ごしていたことは知れていた。勤め人ではあり得ない。朝から晩まで、一日の大半を「私」と過ごし、ときたま出掛けるだけの男……それで暮らすことのできた男……そして、盲目だった僕が知っており、羅列した画家たちの名前……有名な画家の一人息子を攫った男……両親も、警察も、マスコミも、世間も……犯人は画家と、思ったようだ。

警察の入れ知恵か、父はさまざまな画材を持ってきて、僕に触らせたり、匂いを嗅《か》がせたりした。

だが、無駄だった。

それでも母は「私の家のように、自宅とアトリエを別にしていれば……子供と会うときは仕事着を脱ぎ、消臭スプレーでも身に掛ければ分りませんでしょう」と、新聞記者や雑誌記者、テレヴィのインタヴュアー相手に話していたようだ。

テレヴィ画面には、病院の外観がよく映った。——少年の入院している病院です——と、コメントはいつも同じだ。一度、窓辺に居る僕が映ったこともある。顔は「モザイク」と呼ぶそうだが、四角い枡目《ますめ》が掛かり、きちんと見えないようになっていた。でも僕だ。深夜、月を見ていた僕だ。インターネットというコンピューターでの通信網には、僕のはっきりとした顔も出たそうだ。両親は憤慨していたが、「囚われた」と感じたときから、僕は周囲の反応など気にしなくなっている。ただ、テレヴィで、——これが犯人の飼っていた犬です——と出たときには目を見張った。ダーク……オーストラリアン・シルキー・テリア……僕がすらすらと犬種を言ったせいだ。日本ではまだ少ない犬だと言う。ダーク……寝るときも、起きてからも、ずっと一緒だった……あれがダークの形……光沢のある長い毛は頭部と脚の部分がグレーで、背中から腹に掛けては薄茶色だった。脚は短く、ちょこちょこと歩いている。その犬を撫《な》でながら、マイクを持った男が大袈裟《おおげさ》に話していた。——犬の名前は『ダーク』。毛色は、犯人から『灰色に近い黒』と聞いていたそうです。そこで名前も『ダーク』になったとか。この種では、他に淡黄褐色などの毛色があるそうですが、『灰色に近い黒』というと、俗に『ブルー』と呼ばれる毛色……この背中の部分もグレーっぽい毛色の犬だったと思われます——僕はテレヴィを消す。

初めて目にしたダーク……だが、目に映った犬と、ダークとは結びつかなかった。ダークの感触はありありと憶《おぼ》えている。目を閉じれば、すぐ目の前に居るようにすら感じ取れる。今にも声が聞こえそうな気さえする。でも、どうしても、あの形とは結びつかない。毛はあんなに長くはなかった……脚も、もっと長かった……それに尻尾《しっぽ》も……

♠

頑《かたくな》に周囲を拒否し、ただ視覚の悦楽に浸っていただけの僕が、次々と聞かされたり見せられたりする報道や周囲の言葉に、そろそろ疑問を抱き始めた頃、僕は誕生日だと知らされた。

それは十月の十四日で、「誕生日の一月前、十五夜の日に攫《さら》われた幼児！」という九年前の新聞記事を母から見させられていたものの、疑心暗鬼のまま突き返した翌週だった。

母は戸籍謄本の写しと、僕の幼児のときの写真アルバムを持参した。

アルバムの一歳のときの写真の横に「十月十四日、怜《れい》の誕生日」と記載されていた。

「ね、怜ちゃん。今日があなたのお誕生日なのよ。十三歳の」

そう言って、母は満面の笑みを浮かべて「ケーキよ」と、リボンの掛かった箱を持ち上げてみせた。

僕は母によく似ている。目が見えるようになって、それは僕も感じていた……認めたくはなかったが、感じてはいた。僕が発見された墓地で、両親がすぐに僕を子供だと認めたのも、おそらくはこの所為《せい》だろう。それでも、当時の僕は反発して言った。

「私の誕生日は四月の三十日よ」――「ワルプルギス……」と続けようとしたとき、前に坐《すわ》っていた刑事二人が、同時に「四月の三十日?」と、凄《すご》い勢いで問い返した。

今では馴染《なじ》みとなった片山《かたやま》と名乗る刑事が聞いた。「それは初耳だ。犯人が、そう言ったのですか?」

僕は黙った。当時は、まだ「父」を「犯人」などと呼ばれることに、戸惑っていたし、怒りも感じていたからだ。

「なぜ」と片山刑事は再度尋ねた。「四月の三十日が誕生日なの?」

僕は答えない。

――片山刑事に最初に会ったときには驚いた。「父」と同じ香りがしたからだ。僕は思わず「あなたの香り……」と言ってしまった。「父」の香り……「父」と同じ香り……だが、それが単に煙草の香りだと知らされたときには、酷《ひど》く落胆した。刑事は「犯人も、相当な煙草飲みだったんだ」と、新情報に喜んでいたが、僕からすれば、「父」の香りは「父」だけのものであって欲しかった。

その香りが側に在るとき、僕はいつも満ち足りていた。その香りは「安心」と「楽しさ」を象徴していた。

その香りは「父」だけのものだった。

今、その香りは僕を不快にさせるだけだ。

「犯人がそう言ったの？」と片山刑事が再度尋ねた。「四月の三十日が誕生日だと。毎年、そう言っていたの？」

僕は答えない。

「またか」と相棒の平田《ひらた》という刑事が両手で膝《ひざ》を叩《たた》く。「こうなるとお手上げだ」

「怜ちゃん」と母が声を上げ、僕の手を握る。「お願いだから何でも話してちょうだい。刑事さんたちはね、あなたを攫った犯人を捕まえようと、毎日いらしてるのよ。あなたの言葉しか手掛かりはないのよ」

母の芝居がかった声、そして大袈裟な動作……僕は、その手をわざと丁寧に取り払い、汚された自分の手を布団の中に埋める。母としては、人前で、こうした態度をとられるということが酷く堪《こた》えるらしい……ということを、僕は既に知っていた。だが、死んだと思い込んでいた母に……それも、何一つ憶えていない女性に対して、どうしてすぐに、その子供となれよう？　しかも、まったく馴染みのないタイプの女性に……

僕の両親というのは、声も大きく、態度も大袈裟で、最初から何の違和感もなく、僕を子供として受け入れたようだった。

僕の拒絶にたじろぎ、「視力を取り戻せば……」と、言っていた彼らは、さっそく、誇りと敵愾心《てきがいしん》に燃える僕の視線に晒《さら》されることになったが、それでも、僕が戻り、そして目も見えるようになったということで、単純に喜んでいた。「あとは時間が解決する」と言うのが、今の二人の口癖だ。

そして刑事たちは、僕の女言葉に戸惑い、その話に呆《あき》れ、辟易《へきえき》し、その顔と声の裏に冷笑を押し殺し、僕を精神異常と決めつけている。沢女医と森さん以外の連中は全てそうだ。僕の自尊心は、こうした彼らを沈黙で拒否し、毅然《きぜん》とした態度で壁を作り、易々と乗り越えられると子供扱いする彼らの鼻を挫《くじ》き、偽りの共有世界と思い込んでいる空気を遮断した。思い返してみれば、互いに甘く見、互いに馬鹿にしあっていたと言うべきだろうか？

精神科医の磐城医師など、会った途端に『罪と罰』のポルフィーリイを想起させた。

優越感に満ちた傲慢《ごうまん》な優しさ……寛容な笑みの裏では、僕など手の内にあると確信している。ねちねちと忍耐強く続く言葉の罠《わな》……

僕は現実には「父」と「ダフネ」しか知らずに過ごしたが、本を通して多くの人間を知っている。そして耳は人一倍敏感だ。声や言葉のちょっとした調子で、相手が僕をどう見ているかくらい分る。

母はアルバムを残して帰った。

――十月十四日、怜の誕生日――そして、攫われたのは九月十四日、満月の日……『ムーンレイカー』と言った、「父」の声が蘇《よみがえ》った。

そうだ！　ダフネに青山墓地へと連れてこられる前日、「父」は「明日《あした》が何の日か分るかい」と言った！　「お前がここへ来た日だよ。九年前の九月十四日に……十五夜だった。満月の……」――ああ……あの男は僕を攫ったのだ！　本当に僕は攫われたんだ！　到底信じられないことが……絶対に受け付けなかったことが……今は明白な事実として僕の心に根を下ろし、打ちのめした。

あの男は、あの前夜……僕を返すことを既に考えていたんだ……なぜ……攫い……なぜ……返した？

四歳に満たない僕の写真はアルバム二冊分だった。見ても何も思い出さない。赤ん坊を……幼児を……抱いたり、連れているのは、確かに、病室に来る、両親だ。だが、この赤ん坊と……この幼児と……僕自身は、まったく結びつかなかった。

(目の醒《さ》めるような薔薇色《ばらいろ》のドレスだよ……明るい薔薇の花びらのようなピンクだ……)――突然「父」の甘く軽やかな声が蘇る! ズボンなど、穿《は》いたことはないと思っていたのに、写真の中の幼児は穿いていた。髪は短く、プゥより小さい熊のぬいぐるみを持っている。明らかに男の赤ん坊……男の子だ……これが……僕だと言うのか……この……みっともない……凡庸な子供が……レイア姫だと?


夕食を持って森さんが入って来た。

目が合ったとたんに、彼女は「目が痛いの!?」と叫び、ベッドに飛んできた。そして首を振った僕を見、アルバムを見、僕の頰をつたっていた涙の元を、アルバムの写真と勘違いしたようだ。「ごめんなさい」と言いながら、移動式の台に、盆を置いた。

以前の僕だったら「『ごめんなさい』って、どういう意味?」と、意地悪く言っていたことだろう。代わりに僕は聞いていた。「私の言葉遣いは可笑《おか》しい?」

「風変わりだけど」と彼女は微笑んだ。「私は好きよ。優しくて、丁寧だわ」

目が見えたばかりの頃、何と美しい……と見惚《みと》れた彼女の顔は、見慣れてくると、とても美女とは思えなくなった。糸のように細い目以外、顔も、鼻も、口も、そして身体も……すべてが丸みを帯びて、豚のようだ。笑うと目は肉の間に埋没してしまう。四十一歳だと聞いた。だが、話し方は少女のようで、柔らかく、控えめだ。「父」の話し方と似ている……と、僕は突然思った。そうだ……こういうふうに彼は話した……どことなくおずおずと、柔らかく、しかも甘やかに……

「ごめんなさい」と彼女はまた、謝った。「思わず走ってしまって、スープがこぼれちゃったわね」

──夕食の盆の中に、コンソメスープが広がり、無数の油が玉となってきらきらと揺れていた。

僕は「かまわないわ。私、たいして飲みたくないから」と言い、ティッシュ・ペーパーで拭《ふ》き取りながら、『僕』と言った方が自然なのかな」と、つぶやいていた。

「そうね……あなたくらいの年頃だと、そういうふうに言う方が多いけど……でも、大人になると、男の人も『私』と言う人は居るわ」

「そう……」

「言い辛《づら》ければ、無理に変えることはないと思うけど……」

「そう……」──彼女は他の人間と違って、無理に僕と話そうとはしない。僕から話を引き出そうともしない。僕を変に子供扱いせず、話し方も丁寧だ。そして、話すときも、黙っているときも、自然だ。だから他の人間よりは疲れない。彼女となら、あまり努力をせずとも、普通に話せるようになるだろうかと考える。だが……そのうち……今はまだ無理だ……「父」も、ダークも、プゥも……あの生活も……唐突に消えてしまった。誰も居なくなった。ならば……せめて……一人になりたいと、僕は思った。生身の人間が多すぎる。

♠

誕生日を過ぎた頃から、世界は輝きを失ってきた。
ただし、画集は別だ。そして枕元に飾られる花々も、窓から見える空も、うっとりするほど美しい。
目の見えなかったときに触れた薔薇に、今でも僕はしばしば目を閉じて触ってみる。しっとりと指に馴染《なじ》む、繊細な花びら……心酔わせる甘やかな香り……複雑な形に湾曲した花びらの一つ一つに手を触れながら、「父」に、その色を聞き、その形を聞きながら、どれほど思い描いたことか……アルゼンチンの作家、僕と同じように盲目のひとだという、ホルヘ・ルイス・ボルヘスの詩を「父」は読んでくれた。

黄金に　血の紅に　象牙《ぞうげ》の白に　闇の色に
輝け　目には見えぬ薔薇よ

だが、幼児が蓄積した色や形など、ごく単純なものでしかない。

当時の僕の頭では、どんなに努力しても、黄色や赤でぺったりと塗られたぐちゃぐちゃの形しか浮かんではいなかった。

芳醇《ほうじゅん》な香りを胸の奥まで吸い込みながら、僕は恐る恐る目を開いてみる。そのつど、初めて目にしたときの感動が蘇り、美しさに涙が溢《あふ》れてくる。貧弱な想像や、言葉では追いつかない超然とした美に、泣くことしか僕にはできない。花や空の自然の美しさは、人間などの目に慣れるようなものではない。人知の及ばぬ崇高な美、計り知れぬ「美」そのものだ。

だが、視覚に慣れるに従い、花と画集以外の美は褪《あ》せてきていた。

空の下の世界が、緑も失《う》せ、裸木の間から、重苦しい灰色の瓦屋根《かわらやね》や殺風景なビルディングが立て込む寒々とした風景となっていくように、あれほど美しく思われた人々の顔は、いつしか醜く変貌《へんぼう》し、病室は殺風景な檻《おり》と化していった。視覚の世界に慣れてくると同時に、どうやら正常な批評眼というものもできてきていたようだ。

ダ・ヴィンチの気高い、ロセッティの官能的な、クノップフの透明な……顔は画集の中にしか存在せず、あまりにも美に心酔しすぎた反動か、まだらの弛《たる》んだ皮膚や、目尻《めじり》や首筋の皺《しわ》、歪《ゆが》んだ唇の醜悪さが目につくようになった。物珍しく、夢中で見入ったテレヴィも、この頃はひとを見るのが嫌で消してしまう。

森さんや、平田刑事は、母を「美しいひと」と言った。そして、僕のことも「母に似て可愛い顔だ」と……僕から見れば、他よりは幾らかましと思う程度……つまりお世辞でしかない。母の顔は、声や態度同様に派手だ。目鼻だちの一つ一つが大きいせいだろう。そして濃い化粧のせいだろう。下品な顔だと僕は思う。

父は醜い。目が見えたとき、あの顔ですら美しく思えたことが、今では不思議なくらいに醜い顔だ。母と同じに派手な顔だちだが、全てが大きすぎてアンバランスな顔だ。そして身体も大きい。母ほどには、ここに来ないが、彼が入ってきただけで、僕は押しつぶされそうな気がする。


周囲に「美」よりも、むしろ「醜」を感じるようになった一因に、全国から届けられるプレゼントというものもあった。

僕のことが世間に知られるにつれ、まったく知らない人々から、僕宛にさまざまなものが届いた。

可哀相な僕を慰めるための善意の贈り物だという。

手紙……折り鶴という奇妙なもの……花……人形……ぬいぐるみ……全て警察の人によって、一旦《いったん》チェックされ、物騒な物とか、変な手紙は除外されて病室に届けられているという。開封された知らない人からの手紙……変に明るく、変に馴《な》れ馴れしい、それらの手紙は最初の一行で、僕の手から離れた。そうしたプレゼントでは、生の花すらも厭《いと》わしく、人形やぬいぐるみに至っては、一目見ただけで病室から追い出した。

それでも、夕方運ばれてくるそれらプレゼントの山に僕の胸は高鳴り、そして萎《しぼ》んだ。いつも、いつも……山ほどのプレゼントを与えてくれたのは「父」だ。「父」からのプレゼントであれば、どんな形をしていても、すぐに分るだろう。

だが、「父」からの連絡は、まったく無かった。

そして僕は……毎日、毎日、一度は聞いていた声を思い出す……レイアは美しい……世界で一番美しい……白雪姫よりも、いばら姫よりも、だれよりも……笑わせる……どうということのない顔の……しかも男の子だ！……あの男は……僕に囁《ささや》きながら、内心大笑いをしていたのだろうか？

そう……オウディウスの『変身物語』というのを読んでくれたこともあった。

森の中で交尾している二匹の蛇を杖《つえ》で打ち、男から女に変わってしまうティレシアスというひとの話だ。ティレシアスは七年間、女でいて、再び同じ蛇たちに出会い、元の姿に戻ったという。その後、ティレシアスは視力を奪われ、予言者となる。

「父」は、どういうつもりで、この話を僕に聴かせたのだろう？

神、アブラクサスの脚は二匹の蛇で出来ている。父は言った。半男半女の精神が叡《えい》知《ち》に至る姿だと……アブラクサス……アブラクサス……神の意志はランダム……悪魔をも兼ねる神、アブラクサスの名を呪文《じゅもん》のように繰り返しながら、僕は思う。確かなものは何もない、と。

『変身物語』を聴き終って、「男のひとが女のひとになってしまったの!?」と、僕は叫んだものだ。「信じられないわ」と……おめでたいレイア……僕こそティレシアス……信じられない。何もかも……まるで、世界の破れ目から、別の世界に転がり落ちたような気分だ……

♠

クリスマス、そして正月というのが来て、僕は徐々に日本という国、日本の文化というものの説明を、折りに触れ、聞くようになった。なにしろ食事一つをとっても箸《はし》すら知らなかったのだ。

僕の名前は大木《おおき》怜。十三歳で、本来なら中学校という学校に通っているはずだという。

僕は、この年頃にしては、物語や音楽はかなり知っており、日本語の読み書きにも不自由せず、英語までできたが、それ以外の知識……理科や社会の知識は皆無、そして数学は簡単な計算程度……学校のレベルで言うと、中学校より下の小学校四年生程度ということらしい。

「日本」などという言葉は、ここに来るまで、聞いたこともなかった。だから、その歴史や地理など、知っているはずもないではないか。僕にとっての文化とは、あの別荘の中での毎日……そして物語に出てくる文化でしかない。

大分、後になって気づいたが、あの男から僕が聞いたことで、日本に触れたことと言えば、夏目漱石の『草枕』くらいだ。それすらグレン・グールドの愛読書という名目でしか聞いていない。漱石が同じ国の人間などとは思いもせず、同じ風土に暮らしていたなどとは考えもしなかった。そして戻される前日に聞いた「かぐや姫」の名は、「どこでもない世界」から「日本」への桟《かけはし》のつもりででもあったのだろうか？

あの男、ダフネ、兵士たち……僕を取り巻いていた世界……僕が慣れ親しんでいた世界……それは、ここではだれからも相手にされない……

帰還

春……僕は、手術後の目の経過も良く、知能障害も認められないということで、退院し、家で暮らすこととなった。

眼科と精神科には月に一、二度通うように言われ、初めて病院の外に出る。

両親の言葉によれば、騒然たるマスコミの勢いは、当初ほどではなくなったということだったが、それでも、退院となると、またぶり返すのではというのが、警察と病院の一致した意見だった。そこで、それらメディアの目を欺くため、それは夜、地下の駐車場から救急患者用出入口を通って、外に出るということになった。

我が家に帰るなどという実感は、まるでない。異世界に紛れ込み、異世界の住人と、新たな異世界へと行かなければならない……僕にとっては、行くのではなく……行かなければならないというだけのことだった。

道路に出たとたん、空中に満ちた沈丁花《じんちょうげ》の香りに包まれる。「この香り……」

「香りが何か？」と同乗した片山刑事が言った。

（ダフネの闇の洗礼だ）と僕は思う。ダフネの嘲笑《あざわら》う声が聞こえてくるようだ。

「沈丁花よ」と助手席に坐《すわ》った母が言う。

「別荘にこの花があったの？」と刑事はなおも問いかけた。「この匂いに憶《おぼ》えがあるのかい？」

父の「怜！」と言う声。車は走りはじめ、香りも失《う》せた。

僕は「ダフネの香りでした」と言い、失せた香りを鼻孔に蘇《よみがえ》らせようとした。かつて香りとともに押し寄せてきた恐怖の代わりに、懐かしさを覚えながら……今では、なぜ、あんなにもダフネを恐れたのか分らない。

刑事は「ダフネの……」と上擦った声を上げ、「では、別荘に居た女が……」と続けたが、母の頓興な声で遮られた。「香水よ。それは！」

「香水⁉」と刑事の声は母に向けられた。

「そうよ」と母が得意顔で振り返る。「『ダフネ』で思い出したわ。沈丁花の香りの香水よ。『ダーク・ダフネ』っていう香水！」

「ほお、『ダーク・ダフネ』ね」と刑事が繰り返す。「『ダフネ』という名前だったから、その香水をつけていたのか……」

母は「凄《すご》く強い香りだから、日本人はあまりつけないわ。芸能人とか、水商売のひととか……ま、私も持ってはいるけど、めったにつけないわね。D.D.っていうの」と、嬉《うれ》しそうに言った。

りげに言う。
父が「外国人は体臭がきついから、香水も強いのをぷんぷんさせてるよ」と自信あ

ダーク・ダフネ……闇のダフネ……ダフネはギリシア神話に出てくる河の神の娘だ。ゼウスとレトの子、アポロン……女神アルテミスの双子の兄でもあるアポロンの愛を拒み、逃げる途中で父の助けで月桂樹《げっけいじゅ》に変えられる娘だ。闇のダフネ……逃げて樹に変身する娘……僕は三人の陽気な大声を、全身で遮断する。僕が口を開かなくても、三人は勝手に話している。そして遮断することによって、言葉は意味を失い、耳にも入らなくなる。

「父」の香りだと思っていたものが煙草で、ダフネの香りだと思っていたものが香水だったとして、いまさら何だというのだろう。盲目だった僕にとって、香りを取り払えば、二人の存在も消えてしまう。

そして今、二人は煙草と香水の香りに埋もれてしまった。

病室の窓から見下ろすのではなく、疾走する車から見る夜の街……間近に流れる外の光景は、思いもかけぬ感動を僕の裡《うち》に呼び起こしていた。

街灯に浮かぶ街路樹、行き交う車、人、明るい商店、暗い家、これが街……これが世界……何もかも、初めて見るような気がする。病室のテレヴィで目にしていた異世

界が生の実態となり、その中を走っているのだ。明かり、車、人、声、音……ものの数分としないうちに、疲れ果てた。

窓に顔を寄せると、暗い天空に月が見えた。景色は変わるのに、月の位置は変わらない。不思議だ。月だけは、病室の窓から見る月と変わらない。ほっとする。そう、月だけは、見えないときから馴染《なじ》んでいたものだった。これほどまでに美しいものとは思わなかったが、それでも異世界の異物ではなく、別荘での生活の中でも、物語の中でも、慣れ親しんでいたものだ。陽の光のように、感じることはなかったが、太陽よりも「父」の口の端《は》に上った。満月……半月……三日月……朧月夜《おぼろづきよ》……白く……青く……黄色く……赤く……月光は雫《しずく》となって零《こぼ》れ……降る……妖精《ようせい》たちは月夜に踊り、恋人たちは月光の中で語らい、冒険は月明かりの下で、繰り広げられる……月夜の森、月夜の庭、月夜の海……ムーンレイカー……水に映った月を取ろうとする者……夢想者……馬鹿者……

僕は闇から逃れて、闇を見ている。

また、駐車場に入り、エレベーターに乗り、白ではなく黒い……病院と同じようなドアの前に立った。

母が「家よ」と言う。「思い出さない？」

僕が黙っていると、父が「ドアくらいじゃ無理だ」と鍵《かぎ》を差し込み、回した。

ドアを開けた途端に、歓声に包まれる。

病室にも、一、二度来たことのある顔が並んでいた。

「お帰りなさい！」

「怜ちゃん！」

「おめでとう！」

「万歳！」

「マスコミ、大丈夫でした？」

父が「おい、おい」と、手で制した。「ドアをしっかり閉じるまでは、安泰とは言えないんだ。とにかく入れてくれよ」

父の「靴を脱いで、上がりなさい」と言う声と同時に、前に押し出され、人々が道を開ける。

ダフネの嘲笑う声……そして、それを打ち消すように「お帰りなさい」と言う澄んだ声が聞こえた。廊下の先に、ボッティチェルリの『春』に描かれた、フローラのような女性が立っていた。花ではなく、ワインの瓶を持っている。

「天狗《てんぐ》に攫《さら》われた怜ちゃんね。目も見えなかったのに、フェルメールやクノップフなんて変な画家まで知っていた……」

声は意地悪く聞こえたが、目は笑っていた。僕は（てんぐとは何だろう）と、思いつつ、ただ彼女を眺めていた。フローラ……綺麗《きれい》だけど、冷たい感じ……こちらを向いたとき、腰まである長い髪が黒い帯のように空に揺れた……僕の髪もあれくらい長かった……

ばたばたと中に駆け込んで行った母が、「『ダーク・ダフネ』！　これがそうですわ」と、小瓶を掲げて戻ってきた。

「お借りしてよろしいですか？」と刑事。

「どうぞ、どうぞ」と上機嫌で母は答える。次いで「従姉《いとこ》の美奈《みな》ちゃんよ」と、僕に彼女を指し示した。「憶えてるでしょ？　あなたの言った画集は、美奈ちゃんが探してきてくれたのよ」

父が「さあ、とにかく入った、入った」と、僕の背中を押す。

刑事の辞去する声がきこえたが、僕は多くの手で、押されるように部屋の中に進んでいた。色の氾濫《はんらん》した部屋の中……

母が椅子を示しながら「あなた、小さいとき、美奈ちゃんが一番好きだったのよ」と笑う。

「美奈ちゃんが家に来ると、離れなかったわ」

向かいに坐った従姉は「私のこと、プゥちゃんって、呼んでたのよ。あなた」と言った。

「プゥ……」――プゥはまだ、手元に返らない。僕の熊……プゥ……僕が名付けた……でも、彼女を見ても、知らない人のように見える。

従姉は「私、小さいときは、よくふくれてね。こういう顔をしたのよ」と頬を膨らませた。

「それで、あなたったら、私のことをプゥちゃんって呼んでいたの」

プゥちゃん……聞いたような響き……言ったことのあるような響き……

父が僕の隣に坐り、「乾杯だ、乾杯だ」と言った。「息子の帰宅、第一夜なんだから」

病院で夕食は済ませていたが、食卓には、いろいろと並べられていた。病院での食事とは、また違い、見ただけでは、何なのかよく分らない物もある。

両親と従姉、それに父の助手だという男が三人……それは、僕の帰還を祝う会らしかった。皆、よく喋《しゃべ》り、よく飲み、よく食べる。そして僕は、ただ黙っていた。

男だと知ってから、僕は前より話さなくなった。「そうです」と言うところを「そうよ」などと、言ったときの雰囲気は、嫌なものだ。それに別荘でのことなど、できれば、何も話したくない。

父の助手たちは、それでも興味津々という顔で、僕がどう過ごしていたのか知りたがった。それは飲めば飲むほど、しつこくなった。

母は、病院で懲りているので「だめよ、聞いても」などと、気楽に言う。「この子は内気なの。それに、まだ傷が癒《い》えないのよ」

山野《やまの》という助手が「そりゃ、そうですよね」と、訳知り顔で言う。「何しろ、誘拐犯と九年も居たんだから。大変だったよね」

北山《きたやま》という助手が、すぐに「凄《すご》い体験ですよね。可哀相に」と、箸《はし》で何かを摘《つま》みながら続けた。箸の先で震えていた赤い物が、一口で、口中に消えた。

飯田《いいだ》という助手も「辛《つら》かっただろうねえ」と、勝手にうなずきながら言った。

父が「とにかく無事に帰ったんだ。これからだよ。学校も考えなきゃならんし、半年も経っているというのに、マスコミもまだしつこく付きまとう」と、ビールを飲み干した。

母が楽しそうに「こっちは被害者なのに、ここまで追い回されると、何だか犯人みたいよね」と言う。

北山が「奥さん、一時は売れっ子のタレント並に、あちこちに出てましたものね」と言った。

「出てたんじゃなくて、出されたのよ。無理やり……」と、母は機嫌良く言う。「この子が帰ったと知れたら、また大騒ぎになるわ」

美奈子が、僕を見据えながら「理不尽に辛い思いをして、帰れば帰るで、また辛い目に合うのね」と言い、母にワインを注ぐ。

「ありがと。だから、私が楯《たて》になっているんじゃない」――母は朗らかに笑った。

――僕は目だけ泳がせている。もしも目で人を殺すことができたなら、全員を殺していただろう。「帰った」と言われる、今の方が、よほど大変で、辛い。だが、話題はマスコミに移り、僕は周りの関心から少し外れた。母は饒舌《じょうぜつ》だ。

おそらく、病院に居たときのように、僕は白痴か何かと思われたことだろう。ムーンレイカー……馬鹿者でいい……

♠

家の中で、見憶《みおぼ》えのある物は、何もなかった。

子供部屋だったという六畳の洋間を僕は貰《もら》ったが、五年前の改装で、床の絨毯《じゅうたん》は取り払われ、壁紙も張り替えたという。

母は「洋服も、おもちゃも、見ると辛くなるから、みんな処分したのよ」と、大きな溜《た》め息とともに言った。真新しいベッドと机と椅子が用意されていた。「欲しい物があったら言いなさいね。買ってきてあげるから」——欲しいのはこの空間……欲しているのは独りになることだ……と思い……黙っている。

家は六階建てのマンションの最上階で、父の仕事場というのは、五階にあった。六階は家だけで、五階には他に二軒入っており、両方とも会社だという。一階の玄関はオート・ロックといい、簡単に外から入れないそうだが、僕が帰った翌日には、もう雑誌記者というのが、六階のドア・チャイムを鳴らしていた。

部屋に入ってきた母が「週刊誌の記者さんだけど……ねえ、ちょっとは会ってみる？」と言ったとき、僕は帰宅して初めて口を利いた。「嫌です」

それでも、病院に居たときよりは、ずっと良くなった。

父は一日の大半、五階の仕事場に居り、めったに上がって来ない。

有名な画家と自称していたが、一度、深夜に仕事場に連れていってもらい、見せられた絵は、何と言ってよいのか分からないものだった。病室で見ていた画集とはまったく違う。父は誇らしげに、父の絵が掲載された本や雑誌を次々に見せてくれたが、僕があまりにもむっつりとしているので、とうとう「まあ、まだ目が見えるようになったばかりだものな」と、食事を摂《と》りはじめた。「おまえの父親は、王ではないが、日本で一番有名な画家だぞ」と大笑いする。父の言葉が真実なら、日本人の美意識は変わっていると思うばかりだ。仕事場の入口の硝子戸《ガラスど》には『大木スタジオ』とあり、絵だけではなく、デザインも受けていると言う。美奈子の言葉によれば「イラストレーターっていうのよ」と、いうことだった。つまり、挿絵画家だ。こういう絵で、「寝る間もないほど忙しい」というのは、まったくもって分らない。

母も喫茶店を経営しているそうで、午後から夜遅くまで家を空けた。

父の絵は酷《ひど》く雑に感じられたが、両親ともに、性格も大雑把なようで、ありがたいことに、あまり干渉してこない。僕がまごついているように、二人とも突然現れた息子に、戸惑っているようだった。大声で、頭から決めつけるような物言いをするが、僕が黙っていると「まあいい……そのうち」で、済んでしまう。僕を分りかねて、どこか腫《は》れ物を扱うように、接しているのが分る。僕は、この状態が続いてくれるとありがたいと思う。

それでも、母は、病院に行くときには付き添ってくれた。最初のうち、駐車場にもマスコミの人が居り、僕は写真を撮られたり、マイクを向けられたりした。母は常に愛想よく、僕は絶対に口を開かない。そして、病院以外の日々、僕は大概独りで籠《こ》もっていられる。電話にも、ドアのチャイムにも決して出ない。一日おきに従姉が来て、勉強を教わる以外、たまにあの刑事たちが来るくらいだ。

♠

四月……僕は、本来なら中学三年になっているそうだ。

美奈子は「あなたの頭なら一年で、中学校卒業程度認定試験を受けられるわ」と言い、両親にも「皆と同じか……まあ、まだ人にも、生活にも、慣れていないから、再来年としても……一、二年で高校受験も可能でしょう。九年もブランクがあったのに、大したものだわ」と言ってくれた。

僕は通信教育というのも受け、美奈子には、ありとあらゆることを教わっている。理科、社会、数学、そしてこの世のしきたり……

美奈子は美術大学の三年になったばかりで、専攻は油絵だと言った。一度、絵を持ってきて見せてくれたこともあったが、父の絵同様、よく分らない。いや、父の絵は、何の絵かということだけは、まだしも分ったが、彼女の絵は、それすら分らなかった。「抽象画」というのだそうだ。概念をそのまま色や形に表すとこうなるのだという。そして、僕が名を挙げた画家たちは、彼女によれば古臭い前世紀の遺物だということだった。

さっぱりした性格で、話の要領も良く、他の人よりは気に触らないが、それでも、少しでも気を緩めると、やはり僕を探ろうとする。

病院に届いていた訳の分らないプレゼントは、ここにも届いた。

僕が決してドアを開けないので、荷物の類《たぐい》は五階の父の仕事場に行き、僕宛の物はそこから警察へ、そして僕の所へと巡ってきた。

そして四月の三十日……僕は「ムーンレイカー」とだけ、記された封筒を目にした。宛て名は僕……そして封筒の中には『デミアン』！　文庫本の『デミアン』が入っていた！

開封されていたから、むろん警察が調べた後だろうが、本だけなので、そのまま回ってきたのだ。「ムーンレイカー」という言葉は、誰にも言ってはいない。

そして『デミアン』……

淡い水色の地に黒く記された『デミアン』という題名を、僕はこの目でつくづくと眺めた。デミアン……ヘッセ／高橋健二《たかはしけんじ》訳……中断されたままの物語……文字が滲《にじ》んで四角い水色が空のように両手の中で広がり、揺れる。

僕はカバーを外し、本の頁を一頁、一頁、嘗《な》めるように眺めていく。

どこにも……何も……痕跡《こんせき》は何もなかった。紙片一枚挟まれてなく、一文字の書き込みもない。真新しい本一冊……それだけだ。封筒は父が仕事で使うような変哲もない茶封筒、宛て名も差出人もワープロで記されていた。大木怜様……ムーンレイカー……レイア様と、なぜ書かない！　レイア姫と、なぜ書かない！　ムーンレイカー……馬鹿者……

夜……それはワルプルギスの夜だ。僕は帰宅した母に言った。

「男の名前は『D』です。僕はDと、呼んでいた」

「ディー？」

「アルファベットのDです」

「ほんとう！　怜ちゃん、『ディー』って呼んでたの？　ただ『ディー』って!?」

新情報だ。「大変、大変」と、母はすぐに警察に電話を掛け、馴染《なじ》みになった週刊誌や新聞社の記者、テレヴィ局の人にまで電話を掛け続けた。

「父」の名前は、D……僕の命名だ。

ダフネのD……ダークのD……『デミアン』のD……デーモンのD……

帰ってきて、あなたは初めて僕にプレゼントをくれた。だから僕もあなたに名前をあげる。あなたはダフネ……あなたはデミアン……あなたは悪魔……そして、僕が『デミアン』を受け取ったことを……中断された物語を聴くのではなく、僕の目で読み次ぐことを……あなたは知るだろう。

♠

夏になり、美奈子はほとんど毎日来るようになった。

今日は数学ということだったが、彼女は部屋に入ったとたん、僕が吸っていた煙草のことで、たっぷり二十分も説教をした。

「叔父様も叔母様も、ルーズすぎるわ」と、言いながら、家中に置きっぱなしになっていた煙草の箱を回収し、バッグに入れてしまった。僕は封を切っていない三箱を既に机の引き出しに確保しているから、構いはしない。

それから二時間、陽射しが変わり、ノートが眩《まぶ》しくなった。

「ルート8」と美奈子が言いながら、立って窓のブラインドを閉める。とたんに耳を射るような蟬の声。……窓のすぐ横の、外壁にとまったのだ。

「樹が少なくて、蟬も可哀相ね」と美奈子が窓辺に立つ。「煉瓦《れんが》の壁にとまっても、しょうがないのに……ねえ、『別荘』では、蟬の声が凄《すご》かったんでしょう？」

来た……僕は応《こた》えない。

「聞きたいと思うのはあたりまえよ」と美奈子は言い、振り向いた。「だって九年もよ。はっきり言って、皆、あなたは死んだと思っていたわ。だって、そうでしょう？

三歳の子……それも失明して、手術を受けなければならないというときに、病院から攫《さら》われたんですもの。九年も経てば、誰だって死んでると思うわよ。それが、生きて帰ってきた。失明したままだったのに、言葉は完璧《かんぺき》。漢字なんて、そこいらの中学生より知っている。おまけに英語もね。本も音楽の教養も立派。目が見えなかったのに、ラファエル前派から象徴主義なんていうマニアックな画家の名前まで知っていた。そのくせ外国人みたいに日本に関する知識はゼロ。どこで、どんな風に暮らしていたのかと思うわ。当然よ」

——蝉が飛んでいき、また車の音しか聞こえなくなる——死んだと思っていたのなら、死人のようにそっとしておいて欲しい……と僕は思った。そして、「おまけに女の子として生きていた」などと、言ったら、彼女は目を丸くするだろうとも思った。

僕のことは、さまざまに言われ、書かれ、話されていたが、帰った当時、僕が女の言葉を使い、自分を女と思い込んでいたことは、一般に知られてはいなかった。警察と病院の一部の人々、そして両親は知っていたが、それは秘密とされ、マスコミ好きで饒舌《じょうぜつ》な母も、そのことだけは話さなかった。僕の将来を考えて……というのが、それらの人々の間で交わされた了承のようだ。ただ、情報を得るため、ときどき女の子の服を着せられていたようだということは流れていた。人目を欺くため……と。

「ねえ」と、しびれを切らした美奈子が促す。「あなたは攫われ、あなたを攫った犯人というのが居るのよ。攫われなかったら、あなたはすぐに目も見えてて、普通に小学校に上がり、今は中学生で、楽しく暮らしていたはずなのよ。それなのに、九年もの間、暗闇で暮らしていた。こんな酷《ひど》いことをした犯人を、あなただって捕まえたいと思うでしょ？」

僕はうなずく。そう……九年の闇……それは許せない。でも、何を言えば良いのだろう？　何を話せばよいのだろう？『嵐が丘』の不条理についてか……『ラプンツェル』の不条理についてか……『赤頭巾《あかずきん》』の不条理についてか……前に「アブラクサス」と、僕がつい口にしたとき、彼女にはまったく分らなかった。耳にしたのも初めてというようだった。宗教について習ったときにも、『グノーシス』についてはまるで知らなかった。『デミアン』も読んではいない。何を話せばよいというのだろう？

「どんなことでもね」と、美奈子は言った。「犯人を捕まえる手掛かりになるのよ」

「母が代わりに話しているでしょう」と僕は応えた。「それに、新聞記事とか週刊誌とか……憶《おぼ》えていることは大体話しましたよ。勉強がお仕舞いなら、僕は独りになりたい」

「だめよ。答えてなかったわ。ルート8は？……まあ、反論しただけでも、少しはましか。本と音楽の話以外は、『はい』、『いいえ』、『分りました』……無愛想ったらないわ」

「2・828」――これが何の意味を持つのだろう、と思いながら答える。「試験に出るかもしれないから憶えればいいのよ」と彼女は言った。憶える……憶える……ただ機械的に憶えることが多すぎる。ルート8が2・828だということが、生きる意味と、どう係わってくるのだろう？　概念としてではなくとも、日常生活に必要な知識なのだろうか？

彼女が僕に聞きたいことが山ほどあるなら、僕にだってある。そして彼女が、僕の問いに真面目に答えないのなら、僕だって答えることはない。

「正解よ」と彼女は言い、ふっと笑った。「怜ちゃんって、ちっちゃい時から頑固だったわ」

「授業はお仕舞いですね」と、僕は言い、CDを掛けた。『アレスキーとブリジット・フォンテーヌ』……彼女が持ってきてくれたCDの一枚だ。帰ってから、知った音楽……音楽にはクラシック以外にも、さまざまなジャンルがあると知ったのは、ここに帰ってからだ。両親は演歌と流行歌というのを教えてくれた。彼女はシャンソンとロックとジャズというのを教えてくれた。テレヴィでは、もっと多くの音楽を聴くことができる。『アレスキーとブリジット・フォンテーヌ』は、少し……気に入っている……

「三つ子の魂、百までね」と、彼女はブリジット・フォンテーヌの叫び声も無視して言った。

「とにかく頑固だったわ。動物園に行ったときなんて、あたしとママと、何を言ってもキリンの前から離れないんだもの。うんざりしたわ」

「動物園に行ったの？　美奈子さんと？」

「そうよ。あたしとママが上京したときにね。怜ちゃんを連れて、上野《うえの》動物園に行ったのよ。三人で。それも忘れちゃった？」

「少し……憶えてる」――以前、母に聞くと、母は「憶えてないわ」と、笑っただけだった。そう……彼女と行っていたのだ……

「象とキリンと虎……それが、変にお気に入りで、離れないの。ママが『あっちにお猿さんが居るわ』って言っても、『アイスクリーム食べない』って言っても、何を言ってもだめ。私だって、まだ子供だったし、飽きちゃって……ほんとに厭《いや》な子だわって思ったわ」

「今も頑固で、厭な子でしょう」

「頑固で、少し厭だけど……でも、面白いわ。変わってるから。ね……今なら夏休みで、私も時間があるし……そろそろ社会見学してみる？」

「社会見学？」

「外に出てみるのよ。……ほら、また、黙っちゃう。来年か、再来年には、あなただって、独りで学校に行かなければならないのよ。この部屋に一生、居続けるわけにはいかないのよ」

「彼らとこの間、出ましたよ。カラオケとかって、所に……」

「ああ、叔母様から伺ったわ。大変だったそうね。雑誌記者がつけてきて、お店に落ちついたところで、勝手に写真を撮るわ、あなたにはマイクを向けたんですって？　ぞっとしたでしょう？」

「異生物だと思えば、別に……」

「異生……ふーん……やっと分ったわ。君のそういうニヒルな言い方……だいたいね、自分の両親のことを、『彼らと』なんて、突き放した言い方をするもんじゃないわよ。マスコミだけじゃなくて……『彼ら』も私のことも……みんな異生物だと思っているんでしょう？……答えない……図星ね？」

突然、美奈子が僕の手首を摑《つか》み、椅子から立たした。「行きましょ。外に」

「厭です！」と僕は言ったが、彼女の力は強かった。

「出るときさえ、気をつければ……街中にさえ出ちゃえば大丈夫よ」

——フローラなどと、思ったのは大間違いだった。彼女は女戦士アマゾネスだ……

美奈子は、帽子とサングラスで僕を変装させ、次いで下の仕事場に行き、父から軍資金を奪ってきた。

「呆《あき》れたわ。あなたが煙草を吸っているの、叔父様ったら黙認してたのね。とんでもないわ。こんな子供に」と、言いながら、父の財布をひらひらさせた。「お財布ごと、奪ってきたわ」とご機嫌である。

今や、僕の教育係は美奈子に一任された形となっており、「外に連れだす」という美奈子の提案に、父は諸手《もろて》を挙げて賛成したという。美奈子の使命は、とにかく、一日も早く、僕を社会復帰させることだそうだ。

父の財布の中身を見せながら、彼女は言った。「お金は、この間教えたでしょう？　お店に行って、これと交換に、物を買うのよ。今日は実践よ。買い物をしてみるの」

「欲しい物は、母が買ってきてくれるからいいです」――部屋の窓を開けただけで、騒音で頭が変になる。蟬や鳥の自然な声、それにある種の音楽なら気にならないが、それ以外の音は耐えられなかった。よく、こんな音の中で、皆、平気で居られるものだ。あの音の中に、自ら入って行こうなどと、決して思わない。「僕は出ない」と、はっきりと言った。

「だめだめ。世界を広げなきゃ。君ね、世界はクラシックな画家や本や音楽だけで、出来ているわけじゃないのよ。パラダイスに連れていってあげるわよ」

パラダイス……カラオケの店は地獄だった。料理店、ゲーム・センター、映画館……

春に、ここに来てから、父の発案で、何度か連れていかれた場所は、すべからく地獄だった……

だが、この日、僕は初めて美奈子に感謝した。

間違いなく彼女はパラダイス……少なくとも、この異世界ではそう呼ぶことのできる場所へと連れていってくれたのだ。

書店とCDショップ……僕は初めて『嵐が丘』の本を、この目で見、グレン・グールドの『バード&ギボンズ作品集』のCDも、この目で見、購入した。そして、この世には、ほんとうに数えきれないほどの本やCDがあることも知った。

最後に彼女が連れていってくれたのは図書館だ。「全部の本やCDを買おうとしたら、親に幾ら貰《もら》っても足りないわよ。それに君の世界って、凄《すご》く限られているもの。知らない作家や音楽家は見当もつかないでしょ？　日本の本も読むべきよ。まず、童話からでも。『桃太郎』や『かぐや姫』を知らない日本人なんて、あなたくらいのものよ。ここはね、登録さえすれば、只《ただ》で貸してくれるの。だから手当たりしだいに借りてみた方がいいわ」――『かぐや姫』は知っている。帰る前日に「D」から聞いた。唯一の日本……前日になって……大した男だ……いや、もう一つあった！　夏目漱石の『草枕』だ。紙幣の説明を聞いたときに、この作家の名前を聞き、僕はびっくりした。だが、『草枕』だって、グレン・グールドが愛した作品として、聞いていたのだ。どこか知らない国の話……『嵐が丘』や『罪と罰』を聴くように、聴いていたにすぎない。美奈子によれば、夏目漱石という作家は、この国の最も偉い作家で、子供でも名前くらいは知っているそうだ。可笑《おか》しくなって、僕は笑ってしまった。そして、ここそ、正にパラダイスだった。数限りなく並ぶ書棚……誘いかけるような題名……知らない本……知らない作家……何でも借りることができる……夢の世界……それに、ここは静かだ……

「あなた……初めて笑ったわ！」――彼女は歓声を上げ、手を叩《たた》き、側に居た男から睨《にら》まれた。

さほど読書家でもない彼女が、僕に書店と図書館を教えてくれたのは、少なくとも、両親よりは、僕を理解してくれていたからだろう。

そして、図書館には、彼女なりの目論見《もくろみ》もあった。新聞である。

僕が攫《さら》われた当時の新聞、そして帰ってきてからの新聞……ありとあらゆる事件関連の記事を彼女は捜し出し、その膨大なコピーを、僕にも見せた。「ちゃんと認識すべきよ。そしてもっと考えるべきよ」

――認識しつつある……ここは夢でも何でもなく、目が醒《さ》めれば、僕が居なければならない世界だと……大木怜という男の子として、生きなければならない世界だと……否応《いやおう》なく分ってはきていた。考えてもいる。だが、それは独りで考えることだ。「別荘」も「D」も「ダフネ」も知らない彼女と、考えることではない。

それでも彼女は僕の思惑など無視して、ゲームのように犯人探しに夢中になっていた。「D」は杳《よう》として現れず、未《いま》だに誰だったのか見当もつかずにいた。

九年前に、僕が攫われたときだって、警察もマスコミも、躍起になって探したのだ。そのときに挙げられた容疑者リストが再び洗われたともいう。両親の交友関係は勿論《もちろん》のこと、僕が入院していた病院の職員、入院患者、出入りしていた見舞いの者まで……それでも何も分らなかった。

九年前……車の事故は、母の不注意で起きたという。

母は当時妊娠五ヵ月、その事故で流産し、そのまま子供を産めない身体になったという。僕は眼科の病室で、傷も癒《い》えてきた母と二人部屋で寝ていたそうだ。九月の十四日……僕の手術の前日、父と父の友人が見舞いに来て、母が病室を離れた隙に、僕は攫われたという。

母は「ほんの二、三分だったのよ」と、言ったが、片山刑事は「約三十分、一階の喫茶店に居たそうですよ」と話した。父の友人というのは、ゴルフ仲間のやはりイラストレーター。父は「犯人は画家だ」と決めつけており、事故当時も、相当あちこちで母と僕の入院を吹聴《ふいちょう》し、父の知り合いも何人か見舞いに来たそうだったが、その日は、父とその友人だけで、知っている顔にも会わなかったという。

犯人は、三階の病室から、病室のすぐ側にあった非常階段を降り、病院の外に出たと推測されている。一階のロビーで、非常口から出てきた子供を抱いた男が目撃されていたからだ。

男は身長一メートル七十前後。ベージュの半コートの中に、子供を包み込むように抱き、サングラスを掛けていた。子供は大人用のハンチングを被《かぶ》せられ、顔を男の胸に埋もれるようにしていたという。目撃者の話では、見舞客と眠ってしまったその子供と、思ったそうだ。僕の目に当てられていた筈《はず》の包帯も、着ていたパジャマも、そのハンチングと、男のコートで隠されていたという。

「男の歳は三十から四十、コートの襟を立て、子供をすっぽりと包むように抱いていたそうだけどね」と片山刑事は僕の反応を見た。「目撃者はたった一人、それも手掛かりになるようなものは無いに等しい。大病院は人の出入りも多いし、すれ違う人間に、いちいち注意も払わないしね。ベージュの半コートというのも、後になって『カーディガンだったかもしれない』とか言いだすし、歳も『二十前後の若者だった』など、とんでもなくずれてきた。ひとの記憶など、曖昧《あいまい》なんだ。全然憶《おぼ》えてない？　連れだすときに、君に何か言わなかった？　知っている人という感じは、しなかった？」

——そう、ひとの記憶など曖昧だ。思い返しても、浮かんでくるのは闇と混乱……そして最初の記憶はダフネの声だけだ。

ダフネという女、そして英語を話す兵士たち、ダークという名の黒いテリア犬……僕の言葉から分ったことは、攫われた場所は山奥の一軒家らしいこと。そして「父」と称した日本人と日本語を話せる外国の女、兵士と称する英語しか話せない男たちが住んでいたということくらいだ。庭のある二階建ての家……森と崖《がけ》に隣接し、車の音も滅多に聞こえず、訪れる者もなかった。すごい山奥のようだが、僕が青山墓地で発見されたのは一時二十六分、「D」から警察への電話は一時ちょうどだったと言う。ダフネに起こされたのは早朝だった。鳥の声や空気で、たぶん六時頃だったと思う。着替え、車に乗り……寝てしまったが……最大としても、青山墓地から車で六時間以内の場所だ。

東京近郊の別荘地がまず浮上した。中年の日本人……今はおそらく四十から五十になっていると思われる男と、年齢不詳の外国人の女と男たち、そして黒い犬……森と崖に隣接した二階建ての別荘……車の行き来もない孤立した別荘……そして父の言葉を加味すれば、画家らしい……日本に住みながら、日本的なものの片鱗《へんりん》も見せずに浮世離れした生活を送っていた男女……なぜ、僕を攫い……なぜ、女として育て……なぜ、突然返したのか……だが、さまざまな憶測を嘲笑《あざわら》うかのように、「D」も「ダフネ」も「兵士たち」も「ダーク」も、夢のように消えてしまった。

その夏、僕は何度も彼女と図書館へと行き、やがては独りででも行かれるようになった。そして僕の社会認識は、図書館を起点として、徐々に広がっていった。

『ワルプルギスの夜』とは、ドイツの高峰、ブロッケン山の山頂で、冬の終りに行われる悪魔たちの祝宴……魔物の集う夜のことだ。そして沈丁花《じんちょうげ》の英名は、ウィンター・ダフネ……冬のダフネ……冷やかなダフネの声が蘇《よみがえ》ると、未だに僕の心は凍りつく。

十五歳、夏

そして今……五月。あれから三度目の夏が来ようとしている。僕は十五歳だ。ただし、「D」の数え方だと、四月三十日を過ぎたから、十六歳ということになる。

この四月、一年遅れで高校に入学し、初めて学校というものを体験した。未《いま》だ好奇の目で周囲から見られていたが、美奈子のお蔭《かげ》で「この世のしきたり」も憶え、不器用ながら処し方も憶えた。

美奈子は今年、教師として郷里の小学校に就職した。愛媛県だという。日本の地図も憶え、愛媛県の場所も習ったが、何のイメージも浮かばない。東京からは遠いそうだ。ろくに部屋から出ない僕には、距離感も摑《つか》めない。

美奈子は教職に就くにあたり「怜ちゃんで実習させてもらったわ」と笑ったが、僕への教え方を鑑《かんが》みても、結構立派な教師になれるのではと思う。

別れ際に言った言葉は「怜ちゃん、最後まで頑固だったわね」だった。「私もいろいろ教えたつもりだけど、君からは頑固さを教えてもらった気がするわ。厭味《いやみ》じゃないのよ。私もね、教師しながら、画家になれるよう……ポロックを凌《しの》ぐような画家になれるよう頑張るわ。君も頑張って。一緒に居る間に、犯人が見つからなかったのだけが、残念だったけどね」

——彼女が崇拝しているジャクスン・ポロックという画家の妙味を理解することは、僕には出来なかったが、彼女の望みが叶《かな》うように祈っている。眼科の沢女医、看護婦の森さん、そして彼女と……僕の精神を逆撫《さかな》でしない、数少ないひとの一人なのだから。

神のランダムな意志は、彼女を僕の従姉《いとこ》とし、教職に就く以前の二年間を僕の身近に存在させてくれたが、突然この世に放り出された僕にとって、これこそが素直に神の恵みと称して良いことなのだろう。彼女が居なかったら……と、思っただけで鳥肌が立つ。三年の間に、僕はおそらく、自分で思っていた以上に、彼女に寄り掛かっていたようだ。春に彼女が去ると、僕は思ってもいなかった喪失感と孤独を味わったからだ。

だが、孤独こそ、僕がこの世で欲していたものだったということにも、改めて気づいた。

僕はようやく落ちついて、今までのことを考えられるようになった。彼女は単なる好奇心から「犯人」を見つけたがったが、彼女が僕を探ろうとすればするほど、僕の関心を引こうとすればするほど……僕は殻に閉じ籠《こ》もった。両親、警察、マスコミ…

…皆、同じだ。なぜなら、だれも「父」を知らず、僕をも、知らないからだ。大概の人々は現実を、自分の外に在るものとして視ていた。だが「父」と僕にとって、それは自分の裡《うち》にあった。それが大きな違いだ。


母は、僕を前に、何度か泣いたことがある。

普段は陽気なのだが、何かの拍子に突然センチメンタルになる。

母の笑顔は仮面だ。本心で笑うのではなく、笑顔の仮面を被《かぶ》り続けている。外しか見ないひとの優しさ……おおらかな光だけを信じる者の健気《けなげ》な処し方だ。単純な寛容の精神で、相手が何を言おうと笑顔を崩さない。大したものだと思う。

だが、限界に達すると、仮面をかなぐり捨てるということになる。闇を見ようとはしないが、闇の悪意を感じたときだ。爆発はいつも突然起きる。僕がいつまでたってもよそよそしく、母を冷たい目で見ていると言うのだ。言うことはいつも同じだった。

「私を嫌いなんでしょ」

「いいえ」

「下品で馬鹿な女だと思っているんでしょ」

「いいえ」

「あの事件から、私たち、必死で怜ちゃんを探したのよ。ほっといた訳じゃないのよ」

「雑誌や新聞記事で読みました」

「泣いて泣いて泣き尽くしたわ。だから、怜ちゃんが帰ってきて、どんなに嬉《うれ》しかったか……私はね、あの事故で、子供も産めなくなったのよ。怜ちゃんはたった一人の私たちの子なのよ」

「それも記事で……あなたの話を読みました」

『あなた』なんて言わないでちょうだい。怜ちゃん、おかあさんなのよ。私は」

「そうですね。おかあさん」

——『おかあさん』と呼べば、大概、彼女の機嫌は直った。この頃は、マスコミからのコンタクトもあまりないので、つまらなそうだ。そこで、僕に目を向けると、こういう不満が持ち上がってくるらしい。僕だって、彼女を嫌っているわけではない。確かに僕の楯《たて》となり、生活も見てくれている。物など頼もうものなら、過剰に買ってくる。感謝はしている。母だという女性……でも、僕には実感が持てない。

そして、父の方はといえば、母よりは楽だった。

父の関心の多くが、父自身の虚名に向けられていたからだ。

父のイラストは、今でははっきりと酷《ひど》い代物だと僕は思っている。でも、父には、それを巧《うま》く売り込む才覚と、商才があった。そして、父にとっての僕は、あくまでも自分の子供であると同時に、世間知らずの子供、半人前の人間であって、保護し、面倒はみるが、子供が何を考えていようと、自分をどうみていようと、いちいち真面目に考え込むことではなさそうだった。何より彼は忙しかったのだ。

それでも、たまに顔を合わせたときなど、僕の方から話しかけると、嬉しそうな顔をした。

僕が図書館で借りてきて、好きになった日本の作家の名を何人か挙げると「そいつらなら、俺の装丁で本を出しているよ」と、上機嫌で仕事場に走り、何冊かの本を持ってきた。

「欲しければ、サインも貰《もら》えるぞ」と、得意になって言う。

職業的特権というのを、彼は殊更に誇示した。

「いえ、別に……いいです」

「おまえ、そんなじゃ、世間は渡れないぞ」

「いえ……サインには興味がありませんから」

「ああ……そうか」と、彼は虚を突かれたように言ったが、すぐに態勢を取り直して「まあ、待て」と、またもや仕事場から、抱えてきた。——出版社のテレホン・カード、宣伝用バッジ、美術家協会の手帳、社名の入ったメモ用紙等々……「どうだ。一般には手に入らない物ばかりだぞ」

僕に電話を掛ける所が在ると思っているのだろうか……手帳に予定を書き込むことなど有ると思っているのだろうか……だが、父にとっての価値は、物そのものの機能ではなく、職業的特権によって、入手した所にあるようだった。

そう、本心を言おう。両親は、僕が本の世界でしか知らなかった人種……下品で愚かで悪趣味な……柄の悪い、似た者夫婦だ。

僕がまだ、彼らを親と認める前から覚えた彼らに対する拒否反応、嫌悪感は……本の中での登場人物……『嵐が丘』のヒースクリフや、『罪と罰』の金貸しの老婆などに感じた嫌悪感だった。

視覚の世界に慣れ、この世を認識するとともに、僕はますます彼らを馬鹿にし、嫌悪したと言っても良いかもしれない。下らない話を穢《きた》ない言葉で大声で話す大いなる俗物、救いようのない愚か者……僕は彼らを拒絶し、冷笑する……だが、時が経つにつれ、混乱もしてきた。ほんとうに愚かなのはどちらだろう？　現世を疑うことなく適応している彼らだろうか？　自然から追放された哀れな動物と己を認めてしまった僕だろうか？

母の買ってきた悪趣味な品々を冷笑したり、父の装丁した本を図書館で目にし、それら、大して好きでもない作家を「好きだ」などと、からかい半分に父に告げる僕……

二人の単純な……それゆえに善意に満ちたあたたかな愛情を愚弄《ぐろう》している僕こそ……まさに愚か者なのではなかろうか？

そう思いはじめたのは、一年遅れで高校に入り、初めて同じ年頃の者たちと一定時間、集団生活をしなければならなくなってからだ。

最初は両親同様、級友たち全てが愚かに見えた。

最初から僕は「あの大木怜」として、特異な存在だったせいかもしれない。

入学当初から、僕は好奇な目で包まれ、級友は僕を敬遠する者と、変に近寄る者との二派にはっきりと分れた。そして一月もしない間に、僕はクラスで孤立した存在になった。

僕は、殊更に彼らを受け入れも、拒否もしない。だが、彼らの方で敏感に、異種としての僕を嗅《か》ぎ分けたようだ。世界を外に感じる者と、裡に感じる者、その垣根を越えることは難しい。

『デミアン』の主人公は、シンクレールという少年だ。

光に包まれた穏やかな家庭に育つが、十歳のとき、級友クローマーによって、悪の世界に引きずり込まれる。シンクレールを愚かな悪から救ったのは、デミアンという年上の少年だ。デミアンはシンクレールの額に「カインのしるし」を認めたと言う。

そのしるし故に、彼を救い、彼の友となり、彼の魂の導き手となった。外に流れることなく、裡を視るであろう者としてのしるし……賢者のしるしを……

デミアン……「D」は、三歳の僕に、そのしるしを視たのだろうか？　そして、それが誤りだったと気づき……僕は……裡への思索などできぬ者と知って……僕を見捨てたのだろうか？

それでも、僕はまだ幼く、子供だ。はっきりと自己の有り様に確信を持てたわけではない。人々との隔たりを、自己の孤独を、気に病むこともあった。時としてそれは幼稚な動揺で、忌むべきことであり、憎悪すべきことだとも思われた。弱気になると、僕は周囲を憎み、己を憎んだ。かと思うと、「カインのしるし」を持っていると確信する時もある。僕は情けなく天地の間で揺らいでいた。

美しい顔は画集の中だけに存在し、美しい若者は物語の中だけに存在する……現実に見る同世代の者たちは醜く、愚かで、幼稚だった。そして、そう思う僕自身、彼らと大差ない存在だと感じれば感じるほど、僕は彼らを憎んだのかもしれない。外と裡……それは同じことなのだ。

そう、闇の世界で、『ロミオとジュリエット』を聴いたとき……「父」の朗読で聴いたとき……彼らは何と美しかったろう……その言葉は高潔な愛と情熱に満ち溢《あふ》れ、調子は楽の音のように優雅で……彼らの肉体は僕の脳裏に光輝くばかりの姿で浮かんだものだ。ロミオは凛々《りり》しく精悍《せいかん》で、ジュリエットは薔薇《ばら》の花のような芳しさと柔らかさを持ち……若い二人は大理石のような滑らかな肌と、絹糸のようなしなやかな髪、見惚《みと》れるような面立ちと繊細な身体の線……彼らは十代だった……だが、現実に、この目で見た級友も、そして僕自身も……十五歳という歳は、なんと醜く、薄汚いものか……この世の表層はなんと味気なく、雑なものか……若さなど呪われよ！　この恥辱に満ちた愚かな年代……愚かな世界……世界は光と闇で出来ている。それを薄々知りながら、それでもなおかつ決して闇を視ようとしない人々……注意深く避け、無視しようとする人々のことだ。それは自身の暗い部分から、目を逸《そ》らすことでもある。そして一旦《いったん》それに気づいた者は、もう光だけを視ることはできない。

シンクレールはデミアンを愛し、そして憎んだ。僕も「D」を愛し、そして今は激しく憎んでいる。僕を闇の世界に放置したまま、中途半端な叡知《えいち》を与え、再び「外」へと放り出した男……闇に気づかせたまま、めくるめく光の真っ只中《ただなか》へと放り出した男……僕は灼熱《しゃくねつ》の光の中で、惨めな影をぶら下げたまま、足掻《あが》くことしかできない。

両親を、級友を……いや、会う悉《ことごと》くの人々を馬鹿にし、嫌悪することによって、僕は自身の自尊心を保とうとしていた。自身が愚かで醜いと自覚すればするほど、そうせずにはおれなかった。そして気づいた……光だけではなく、闇をも愛せるようになれば、この憎悪の念も消えるのではないかと……

心の隅ではいつも「おまえは王女様、世界で一番美しいレイア姫」と言う「父」の声が木霊《こだま》している。身の周りに在るものは全て美しく華麗であらねばならない。接するものは全て極上のものであらねばならない……闇の幻想としても……

幼少の朧《おぼろ》な記憶以降、盲目の世界に居たことは確かに悲劇だ。この世の美を甘受することなく、過ごしていた九年間を、僕は憎み、そのような状況に放置していた「父」を憎んだ。しかし、朧とはいえ、形や色を知ったままで過ごしたあまりに長い闇は、美への憧《あこが》れを増幅し続け、あらゆるものを美化していた。すべては言葉だった。すべてはイメージだった。そして「父」は殊更にそのような耽美《たんび》の世界に僕を置いていたように思う。

「王」としての「父」、「王女」としての「僕」、という在り方は何だったのだろう。この世に戻されて、外側の闇を知り、嫌悪することによって、ようやく僕にも感じられるようになった。それは決して現世の王や王女のことではない。別荘で僕が聞かされていた「王」や「王女」は、現世での地位としての……権力者としての王や王女とは無関係だった。それは魂の「王」であり、魂の「王女」としての在り方だった。求めるものは、地位とも、虚名とも、金銭とも結びつかない。真に己の魂を震わせる「美」であり、魂によって選び抜かれた「極上のもの」だった。闇の中に在って、世界は何と美しく輝いていたことだろう！

『レイア　二』

今日、母が死んだ。それとも昨日か、どちらでも同じだ。

――会いたがっている――という言葉を、ずっと聞き流していた私に、姉の声は冷たかった。通夜だと言う。「九時頃には、伺えます」と、電話を切った。

入院するまで、母が暮らしていたという、小さな六畳間に柩《ひつぎ》は置かれていた。そこから開け放した隣の部屋にまで、人が溢《あふ》れている。大半は知らない顔だ。

姉が「弟です」と言い、座に――原口孝夫《はらぐちたかお》だ――と、小波《さざなみ》のような響《どよめ》きが走る。姉は耳元で「サングラスを外したら」と囁《ささや》いた。

義兄が「やあ、忙しいところをどうも」と、すぐにも立ち上がってきた。「仕事の方は、大丈夫かい？」と手を取る。挙式以来、二、三度しか会ったことはないのに、いささか乱暴とすらいえる馴《な》れ馴れしい言動は、昨年までの和泉高雄《いずみたかお》という義弟……大学も中退し、ぶらぶらとしている訳の分らない義弟ではなく、一夜にして著名作家となった義弟……原口孝夫という名に変身し、巨額の富を得、ベストセラー作家として持て囃《はや》されるようになった、誇るべき義弟との親しさを誇示するためだろう。

姉が「母親が亡くなったのに、仕事どころじゃないでしょう」と小声で言う。義兄が大きな声で「でも、締切りに遅れたとかなると、大変なんだろう？　われわれ勤め人と違って、作家の仕事は二十四時間とも聞いてるからね」と言う。満面の笑み。母の死も、私の……いや、著名作家の来訪も、彼にとっては嬉《うれ》しいことだろう。私は黙礼し、柩に向かった。響きが静まる。壊れかけたクーラーの喧《やかま》しい音、線香の煙がたなびき、香りが食物の匂いと混ざり合う。

姉が横に座し、しつこく「なぜ、一度も来なかったの？」と詰《なじ》った。安っぽい化学繊維の喪服の襟元に、模造真珠が光っている。

義兄が「さあさあ、こっちに」と、空けた席を示した。「電車で？　ああ、車で……雑誌のグラビアで見たよ。恰好《かっこう》いい4WD、信州《しんしゅう》の山奥だものね。三……四、五時間掛かるかな？　ここまで」——私が応《こた》えないので、彼は周囲に顔を向けて言った。「菅平《すがだいら》の方にね、仕事場を構えているんですよ。高原の別荘……十代で、優雅なものだ」——そして、よく知らないことをごまかすように「さあさあ」と、ビールを勧めてきた。

♠

新宿のホテルに一泊し、翌日、葬儀に出る。

義兄は相変わらず愛想がよく、知らぬ間に大きくなった甥《おい》たちまでもが、まとわりついてきた。

焼き場の控室で、姉は四十くらいの女性を、私に引き合わせた。「フネさんの娘さんよ。フネさん、憶《おぼ》えてるでしょ？」

黙っていると、姉は「あなた、随分可愛がられたのよね」と、強引に言った。

「ええ、本当に可愛かったと……」と、女性も言う。「毎日、一度は、坊ちゃんの名前が出ました」

――出ました――？　過去形だ。私は「お元気ですか？」と聞いてみる。

「ええ……白内障でね、入院したんですよ。もう歳も歳ですから、手術は無理らしいんですけどね……でも、眼科では有名な病院だから……」と、お茶《ちゃ》の水《みず》の病院の名を挙げた。

「お大事に」と、窓辺に行く。

母が煙になって空に上がっていた。この暑さの中で、更に炎に包まれているのだ。

婆《ばあ》やのフネが、私の家を去り、娘の所へ身を寄せたのは、私が五歳のときだ。以来、賀状や季節の便り以外、交流はなかった。家を辞したとき、既に六十を過ぎていた。

焼き場で姉たちと別れ、都内に戻ったのは四時ごろだった。

陽はまだ高く、街は炙《あぶ》るような大気の中で揺らいでいた。

お茶の水……昨年、三ヵ月ほど通った大学の校舎……濁り、澱《よど》んで異臭を放つ神田《かんだ》川……大学よりも足繁く通った古書店……いつも埃《ほこり》っぽい街路……

受付で「岩田《いわた》フネ」と聞くと、すぐに眼科の病棟を教えられる。「そこの来院名簿に記帳して、バッジをつけてください」と、受付の女性は顔も上げずに言った。

子供を連れた女が、あやしながら、記帳している。そのまま、病室に向かう。


病室には、ベッドが三つ並び、フネは一番奥のベッドで、眠っていた。

十四年ぶりに見るフネは、記憶とそう変わらず、ただ萎《しぼ》んでいた。

かつて私を抱き、背負った身体は、布団の中で溶けたように膨らみもなく、顔だけが枕の上に載っているように見える。

フネが起きていたら、すぐに私と分るだろうか？　長髪にサングラスの変な男を見たら、驚いてしまうかもしれない。私はフネが寝ていたことに、なぜか安堵《あんど》し、その透明な寝顔に見入った。

隣のベッドの老婆も寝ていた。入口近くの老婆が、私の手にした菓子箱に目を向けたまま「昨日、救急患者が向かいに入ってね」と、耳障りなきんきん声で言う。「夜、遅くまで大変な騒ぎで、疲れちゃったのよ。ちょっと前に二人とも寝たところ」――向かいの部屋からは傍若無人な胴間声が、今も聞こえていた。競馬の話だ。

　少女のような顔で寝入っているフネは、安らかな寝息をたてていたが、私は「戸を閉めましょうか」と、腰を浮かせた。

「だめよ」と老婆の叱責《しっせき》が飛び、「開けておかなきゃ、いけないの」と、叫びに近い声が漏れる。変に逆らって、フネのようやく得た眠りを壊してもいけないので、私は、ただうなずいて、腰を落ちつけた。

　老婆は退屈していたようで、上半身を起こした。「交通事故だそうよ。おかあさんと子供。子供はまだ二つか三つですって……それが顔中血だらけでね、目まで……」

「また、来ます」と、私は立った。「よかったら、これ……召し上がってください」

「あら、どうも……あなた……岩田さんのご家族？」

「いえ……また、来ます」

　廊下に出たとたん、向かいの病室から飛び出してきた男とぶつかった。じろりと私を睨《にら》み付けて、エレベーターの方へ去った。胴間声で競馬の話をしていた男だ。見たような顔である。病室の名札には「大木洋子《ようこ》、大木怜」となっている。入口際のベッドに、顔に包帯をした子供が寝ていた。奥のベッドに寝ていた女の物憂げな視線と出会い、向きを変える。だらしなく開けた胸元が目に残った。

♠

半月後、編集者との打ち合せで上京した際、再び病院へと行ってみた。

世界を焼き尽くすような陽射しの中、病院に入る。と、すぐにまた、あの胴間声が耳を射る。

衝立《ついたて》だけで仕切られた、ロビーに隣接した喫茶店からだ。ガウン姿の派手な顔だちの女……この間の女だ……大柄の男と三人で、声高に話している。大木章二《しょうじ》というイラストレーターだと思い当たった。最低の絵で、私の作品を任せたことは一度もない。画品などかけらもない絵を量産する男だが、本人を見れば、絵柄もうなずける。面識はなかったが、企画の段階で、私は彼の挿絵を断ったことがあった。以来、「生意気な若造だ」と、吹聴《ふいちょう》していると耳にしている。

病室にフネは居なかった。あのきんきん声の老婆も居ない。

入口に立ったまま、綺麗《きれい》に整えられたベッドを見ていた私に、以前は眠っていた、隣のベッドの老婆が声を掛けてきた。

「岩田さんのお知り合い？」

私は黙って彼女を見た。フネと同じくらいの歳の老婆だ。こちらを見ていたが、その眸《ひとみ》は白く濁っていた。

「岩田さん、昨夜、亡くなられたんですよ」

「あ、いえ……病室を間違えたようで」――なぜ、そう答えたか……気がつくと向かいの病室の前に居た。

子供が居た。目は包帯で覆われている。「おかあさん……」と手を差し出してきた。ひどく小さな手だった。

隣のベッドは空だ。子供がおぼつかなげに立ち上がろうとした。駆け寄って抱くと、ぺったりと吸いつくように身を寄せてきた。「おかあさん……」――耳元でつぶやきが聞こえ、小さな吐息……いや、寝息が聞こえてきた。私はフネになり、その子は私だった。

私は何をしているのだろう……そう思ったのは、もう東京を離れてからだ。

子供が目醒《めざ》めたのは、車が山道に入ってからだ。

一旦《いったん》、車を止め、抱くと、安心したようにすがりついてきた。今更、戻れはしない。飛ぶ鳥落とす勢いのベストセラー作家、原口孝夫が、イラストレーターの子供を誘拐……信じられない愚行ではないか。だが、現に子供はここに居る。なぜ、こんなことをしてしまったのか……しかも、入院中の子供だ……

ベッドに子供を置いたとたん、身体中の力が抜けた。床に坐《すわ》り込む。

「おかあさん」と子供が甘えるように声を上げる。

「お黙り！」と私は言っていた。フネの声で……疲れていた。

おまえのことどころじゃない。疲労の波の中で、恐怖と絶望が渦巻いていた。なんてことを……そうだ……殺してしまおう……今ならだれにも分りはしない。殺して……裏山か、庭にでも埋めてしまえば……誰にも見られてはいない……あの病院と、私を結び付ける者はいない……この子供と私は何の関係もない……今なら……

子供が弱々しく泣きはじめた。「死にたいの？」と私は言う。そう……フネも私を苛《いじ》めた……母の見えない所で……私をつねり、私を脅した……「死にたくなかったら、静かにおし」……フネはそう言った。私は声に出して繰り返す。子供は静かになった。そうだ……静かにしていろ……子供の甲高い声は嫌いだ……とにかく、今はへとへとだ……

せめて疲れが取れるまで、お願いだから静かにしていてくれ……

♠

翌朝、新聞を見て笑ってしまった。

目撃者は一人……私は年齢三十から四十のずんぐりとした男で、身長は一メートル七十前後、グレーのシャツを着、子供をベージュの半コートで包んで、堂々と病院のロビーから出ていったそうだ。そして車で逃走したらしい。目下、来院者名簿を中心に捜査中、更なる目撃者、更なる情報を待っている……ご明察！　堂々とロビーから出、車で逃走だけは……あっている。

そう……あの子を抱き、どうして、あそこまで悠々と歩いていたのだろう……東京から離れるまで、誘拐したという意識すらなかった。野良猫を拾っただけだ……

♠

別荘には誰も来ない。

もともと人から離れるために買った別荘だ。

電話とファクシミリ、それに車があれば、大概の用事は済む。

子供は眠り、起きると泣いた。弱々しく……あるいは盛大に……微熱があり、気怠《けだる》そうだ。病気の仔猫《こねこ》……どうしたものか。「おまえは女の子だ」と、言ってやる。女の子は静かにしているものだ。フネは「お姉ちゃんはおとなしいのに……」と、よく言った。「男のくせに泣いてばかりいて、女々しいったらない」――そして私に姉の服を着せたりした。母と姉は笑い、喜んだ。そう……三人は楽しんでいた。父の居ない家庭……男は必要ないのだ……

テレヴィや新聞は連日大騒ぎだ。テレヴィのスウィッチを押すと、大木夫妻の顔が映った。

「子供を返してください！　目も見えないんです！　早く手術をしないといけないんです……」――子供の名前は「怜」という。三歳の男の子……

♠

ある朝、部屋に入ると、眸と出会った。勝手に包帯を取っていたのだ。だが、瞳孔《どうこう》は動かない。

「おかあさん」と子供は言い、私の気配に竦《すく》んで、眸から涙が流れた。

「おかあさんは死んだよ」と、私は言う。

「だれ？」

フネではなく、自分の声で話していた。

「おとうさまだよ」と言ってみる。子供の顔が輝いた。「おとうさまだよ。怜……」

――病院でのように、抱くとしがみついてきた。

「おとうさん」

「『おとうさん』ではなく、『おとうさま』だよ。怜……レイア」
「『死んだ』ってなに？」
「居なくなることだよ。消えてしまうんだ」

♠

十九歳の秋……私は世界を作っている。
レイアは闇の中にあって、輝く妖精《ようせい》だった。私の言葉だけで世界を形作る無垢《むく》の天使……私は彼女の父であり、神である。

ダフネになるのは簡単だ。香水瓶の蓋《ふた》をあけるだけで、レイアは慄《おのの》き、テーブルクロスで頬や腕をなぞれば震え上がった。だが、もう、彼女を苛めようとは思わない。いとしい娘……ダフネの出番は少なくしよう。おまえは豊かで美しいネヴァーランドを知るのだ。とろけるような蜜《みつ》の世界……甘美な愛だけを紡いで、おまえに着せてあげよう。いとしい娘……私のラプンツェル……厭《いと》わしい世も、世俗に塗《まみ》れた人間どもも、おまえを穢《けが》すことはできない。ここは離宮……ネヴァーランドの魔法の塔だ。

♠

レイアは賢い。貪《むさぼ》るように、世界を知りたがる。そして、偽物のネヴァーランドでは時が流れる。私は歳を取り、彼女は成長する。

注意深く、厳選して与えた物語……だが、いつか彼女は矛盾を感じるだろう。知識は新たな疑問を呼び、現実は虚構を侵しはじめる。

居間にあったヴィーナスの像を、私は階下におろした。レイアがなぞっていたからだ。

彼女は十二歳になってしまった。いや、私のでたらめな世界では十三歳だ……牡鹿《おじか》のようにしなやかな身体は、私の肩にまで伸びている。ほっそりとした首も、やがて喉仏《のどぼとけ》を感じるようになり、声も太くなるだろう。

それに……何よりも……十分に注意はしているものの、私が病気で倒れたら……それどころか死ぬようなことになったら……ムーンレイカー……私は何という馬鹿者だろう……

♠

もう一刻の猶予もない。レイアを返す。

今朝、彼女は夢精をしていた。

取り乱した私は「生理になった」などと説明してしまった。彼女は大人になりつつある。ネヴァーランドは消えた。私はムーンレイカー……大馬鹿者だ。

ムーンレイカー

上野駅から信越《しんえつ》線で二時間半、上田《うえだ》の駅に降り立ったのは、八月も末の午後だった。初めて乗った電車、初めて降りた駅……真夏の陽光の下、町は白く輝き、背後の山々は猛々《たけだけ》しい緑に染められて、青すぎる空から浮き上がっている。『真田《さなだ》幸村《ゆきむら》発祥の郷《さと》』とか『上田城跡』とか記された観光案内図を見て、僕は笑ってしまった。確かに城下……城下町だ。

タクシーに乗り「S高原ホテル先の別荘地へ」と告げる。

「別荘に行かれるんですか？　何番の？」と運転手は聞いた。

確かめるまでもないが、ポケットから封書を取り出し、「666番」と応《こた》える。

「場所は分りますか？　初めて……666番というと……かなり上だなあ。ホテルで聞いてみましょう。ホテルで管理しているんですよ」

――車は動きだし、運転手は当たり障りのないことを話しはじめたが、町中を過ぎるころには黙ってしまった。

陽に晒《さら》された畑や、農家や、飲食店が連なるだけの道に、行き交う車も、人もない。やがて山道に入ると、傾斜は急になり、道はうねうねと蛇行した。乗車してから十五分経っていた。観光案内の本が確かなら、別荘地に着くまでには、まだ二、三十分はかかるはずだ。

手にした封書を見る。港区南青山……大木様方　和泉怜亜《れいあ》様——初めて見る彼の文字……写真で見た、端正な顔と同じように、整った文字……

「これは……おまえ宛かい？」と、父が封書を持ってきたときは胸が詰まった。「原口孝夫って、あの……作家の……かい？」

「そうです」

「なんで……凄《すご》いじゃないか……直筆だ」

「ファン・レターを出したんです」

「ほお……今、一番売れている作家だぞ。返事が来るとは凄い」

「おとうさん、知っているんですか？」

「いや、面識はない。だが、ぜひ、お近づきにはなりたいね。書くもの全てベストセラーという御仁だからね。だが変人で、長野の山奥に住み、出版関係のパーティーにも出ないし、担当の編集者以外会わないと聞いたよ」——父は僕が引っ繰り返した封書を見ながら、呆《あき》れたようにつぶやいた。「住所だって公にはしてないはずだ」

「手紙に住所と名前を明記するのは、当然でしょう」

「それはそうだが……おまえ……」と、父の顔が輝いた。「大木章二の息子とか……あの……大木怜……とか、書いたのかい？」

「いいえ、書いていません」

「そうか……だが、次のファン・レターにはきちんと書けよ。本名で。それに画家の大木章二の息子だって。なあに、おまえが、攫《さら》われた大木怜だって、分ったところで、却《かえ》って興味を引くかもしれん。作家というのは、何か面白いネタはないかと、いつも探しているんだから。父と仕事をしてくれると嬉《うれ》しいとか……な？」

――仕事をしたことのない作家や、同業のイラストレーターに対しては、必ず貶《けな》す父が、「大した作家なんだぞ」と、父なりに褒めて部屋から出ていったことは意外だった。――僕は父に関しては書き間違えたようだ……

今日、僕が、こんな所に来ていると知ったら、父は目を丸くするだろう。

封筒から手紙を出し、読み返す。


お送りいただいた原稿、『レイア　一』『レイア　二』を、拝見いたしました。ごく些細《ささい》な点ですが、幾つか修正なされば、良い作品になると存じます。『レイア　一』が謎の提起とすれば、『レイア　二』は、その解答というように解釈致しましたが、結末としては、もう少し、丁寧に描かれた方がよろしいのでは……と、感じました。もし『レイア 二』に、手をお入れになられるお気持ちがございましたら、私としましては、好ましい作家に巡り合えたものと存じ、出版社への紹介等、労は厭《いと》わぬ所存です。

和泉 怜亜 様

八月十日

原口 孝夫

――車が止まり、目を上げると、ホテルの前だった。

「ちょっと、聞いてきましょう」と、運転手が車から出る。

覆うように聳《そび》えていた山肌が消え、遥《はる》か同一線上に紫色の山並みが連なっていた。

――先週、僕は再度、葉書を出しておいた。出版社気付ではなく、封筒にあった住所へだ。

八月二十三日、伺わせていただきます。

ただ、一行。時間も書かなかった。返事は来ない。待っているはずだ……怯《おび》えて……開き直って……恐慌状態で……喜んで……分らない……だが……待っているはずだ……

運転手が戻ってきた。

「やはり、一番奥でしたよ。あと五分くらいです」

――道の突き当たり、666……と記されたプレートの前で、僕は車から降りた。プレートの下には、もう一枚、木札が下がり、「来訪お断り」と鮮やかに書かれていた。

「待っていますか？」と言う運転手の声に首を振り、料金を払う。

木立の向こうに赤い屋根が見える。車の音は聞こえたはずだ。僕は外に出る。

炎天に挑むような蝉の高鳴り……黄揚羽が前を横切り、郭公の声が聞こえてきた。思わず目を瞑《つむ》る。この音……この匂い……中庭だ……中庭と同じだ……かさかさと繁みを揺らす音……（レイア……栗鼠《りす》が来たよ……おまえの右足から二メートル先の繁みだ。何か欲しそうだよ）……（でも、あげない）……（レイアの欲張りさん。レイアの……）

「和泉怜亜さん？」と、声が聞こえた。目の前に彼がいた……

僕は自分の目で、彼を見ていた。

デミアン……現実に現れたデミアン……額にカインのしるしを持つ聡明《そうめい》な美青年……画集から抜け出した高貴な顔……かつて指で触れた繊細な、美しい顔……「和泉さんですね?」と、声は繰り返し、彼は微笑んだ。考えてもいなかった。涼しく、よそよそしい笑みだった。

「これは驚いた」と、彼は言い、そして踵《きびす》を返した。

僕は動転したまま、後を追う。こんな筈《はず》ではない。こんな会い方ではない。会ったとき、まず言おうと思っていた言葉……動作……何度も想像した筈なのに、何も浮かんでこない……僕が分らないとでも? 何に驚いたというのだ……

彼の後を追い、家の中に一歩入ると、そこは深海のようにひんやりと、静かな闇に包まれていた。

下りたブラインドから漏れる縞目《しまめ》の微《かす》かな光……目が慣れるにつれ、小さな吹き抜けのホールと二つのドア、そして……階段が浮かんできた。あの日、ダフネに手を引かれ、自分の足で一度だけ降りたことのある階段……その階段の前で、彼は振り向き「どうぞ」と、また微笑んだ。二階に……あの、居間に案内しようというのか……

初めて上る階段……が、その先の闇は、熟知している。上りきって五歩で廊下は右に折れ、七歩で左側に寝室のドア、そこから五歩の正面に、居間へのドアだ。壁紙はレリーフ状のアカンサスの葉、廊下には、栗鼠と樹木と果実が絡み合った絨毯《じゅうたん》が敷かれている。

　そしてドアを掻《か》く音……居間のドアを開けたとたんに光の中から、飛びついてきた犬……「ダーク！」と僕は叫び、膝《ひざ》をついて薄茶色の犬を抱きしめた。ダーク……この声、この匂い、この毛触り、このあたたかさ……唾液《だえき》を滴らせながら、拭《ぬぐ》うように大きな舌が僕の顔を嘗《な》める。薄茶？……僕は目を開く。黒い眸《ひとみ》、薄茶色の雑種の犬が、前脚を肩に掛け、狂ったように尻尾《しっぽ》を振っていた。

「ダール！」と、叱責《しっせき》が飛び、犬は僕から離れて主人の足元に駆けていった。

「お客様は珍しいのでね」と彼は言った。ダイニング・テーブルの前に立ち、平然と茶を淹《い》れている。「はしゃいで失礼を……どうぞ、お坐《すわ》りください」

　――何もかも……そのままだった。この革のソファ……彼と、ダークと、プゥと坐り、本を読み、テープを、CDを、聴いた……ソファの色はグレーだった。紫がかったグレー。低い硝子《ガラス》のテーブル……ゆったりとした肘《ひじ》掛け椅子……藍《あい》の地に、モス・グリーンの葉と紫の花が絡んだ美しい生地が張られていた。彼が茶を淹れている楕円《だえん》の大きなダイニング・テーブルは、木目も鮮やかな胡桃材《くるみざい》だ。慣れ親しんだ、しかし初めて目にした家具……黒いピアノ……黒いオーディオ……煉瓦《れんが》の暖炉……いや、書架だけが変わっていた……僕の本やテープが並んでいた棚にはさまざまな辞書が入り、文具類を入れていた下段には鷗外撰集《おうがいせんしゅう》と漱石全集が入っている。

　一階と違って、居間は光に溢《あふ》れていた。「父」の帰りに耳を澄ませた、書架の横の窓……そして、暖炉の横の窓の外はベランダになっている……ベランダの下には芝生が広がっているはずだ。そしてピアノの横のドア……立ち上がって、あのドアの向こうを覗《のぞ》きたい衝動に駆られた。九年間、僕が使っていたベッド……形と質感だけのベッドをこの目で見、色を知りたく思った。

ダークが戻ってきて、ソファに飛び乗り、僕の膝に頭を載せた。

──ワンワンではなく犬だ……オーストラリアン・シルキー・テリアという種類の犬だ……色は黒。真っ黒じゃないけれど、灰色に近い黒だ……今日からレイアのお友達、レイアの家来、レイアの騎士だ……

「ダーク……」──僕は犬の頭をゆっくりと撫《な》でる。薄茶色の雑種犬は気持ち良さそうに頭を凭《もた》せたまま、尻尾だけをゆっくりと振った。

僕は、ぼんやりと何をしているのだろう。外界の音は遮断され、光の中、ダークの揺れる尻尾がソファに当たる、ぱた、ぱた、という音と、紅茶の香り……そして茶を注ぐ長閑《のどか》な音しか聞こえない。彼と再び会い、この部屋で……僕は……ただ、ぼんやりと坐っている。

「どうぞ」と、紅茶が目の前に出され、その横に僕の送った原稿が置かれた。そして、彼はオーディオの前にあった肘掛け椅子を運んできて、テーブルを挟んで僕と向き合った。

「面白く拝読させていただきましたよ。でも驚いた」

「何にです？」と、僕は顔を上げ、次いで目を逸《そ》らす。

自分の声が掠《かす》れているのに気づき、なぜか涙ぐみそうになった。

なんでこんなふうに……なんで……他人行儀に向き合って……なんでこんなふうに対置して……

「何に驚かれたのですか？」と、僕もダークを見ながら他人行儀に言う。「さっきも……そう……おっしゃった」

「こんな若い方だと思わなかったから」と晴れやかな声が返ってきた。「年寄りとは思いませんでしたが、二十代か三十代の方だと思っていました。高校生？……すごい……」

「やめてください！」と、僕は叫んでいた。「僕を知らないとでも？」——彼を見る。（おとうさま）と呼ぶには、あまりにも若く、美しい顔……「大木怜……レイアを忘れたと？　惚《とぼ》けて……逃げるつもりですか？」——涙が溢れてきた。

随分と長い間、時が流れたように思う。

差し出されたのが、ハンカチーフだと気づき、目を拭い、ダークを見る。再び彼に視線を戻すことはできなかった。ダークの頭に涙が落ち、ハンカチーフで拭う。隅に薔薇《ばら》の刺繍《ししゅう》のあるローンのハンカチーフ……薔薇の花はRの文字を形作っている……

私のハンカチーフだった。「父」は私をからかっている。

「何か誤解があるようですね。大変な……」と、声が聞こえてきた。『大木怜』と言ったけれど、それが君の本名ですか？　二、三年前、随分と騒がれた……あの……攫《さら》われて、帰ってきたという少年？」

喉《のど》が詰まって声が出ない。こんな展開になるなんて……考えてもいなかった。

「それで分った。『レイア　二』に、なぜ私が登場し、ペンネームだけならともかくも、本名から、家族構成まで、克明に描かれていたか……はは……おそろしく巧《うま》く話に組み込まれていましたね」

「デビュー作の『ワルプルギスの夜』を知り、それからあなたの本は全部読みました」と僕は言う。「エッセイで十二年前に亡くなられたおかあさんのことや、フネという婆《ばあ》やのこと、それにあなたが中学生のときに結婚されたお姉さんのことも……」

――彼を見た。その目はまっすぐに僕を見つめ、そして笑っていた。「あなたの誕生日は四月の三十日、ワルプルギスの夜です」――僕は続けた。「毎年出される本の奥付も四月三十日の刊行……これはエッセイではなく、新聞記事でだけれど、あなたが自殺をしようとしたのも知っています。僕が帰ってきて一月後……十月十四日、僕の誕生日に」

笑いが凍りついた。「それで、あなたを攫った犯人と、私が結びついたわけですか？　あれは自殺ではない。事故です。新聞にも、そう載ったと思いますが」

「夜中に埠頭《ふとう》から、猛スピードで海に突っ込んで事故だったと？　酔狂に夜釣りをしていた人が居なかったら……その人がベテランのダイバーでなかったら、無事に自殺も遂行できたんでしょうけどね」

「君が何と言おうと事故でした」と彼は再び微笑んだ。「『レイア　一』と『レイア　二』は面白かった。面白い話だと思いました。でも『レイア　二』に、なぜ私が登場するのか分らなかった。分らないが、面白い発想だと思いました。それに君のペンネームの怜亜は『レイア』の当て字としても、名字が私の本名というのに首を傾げた。でも、送られてくる手紙や原稿には、こういうのが結構あるんです。私の注意を引き、少しでも面白がらせようとしてね。実際には何の効果もないのに。私があなたの原稿に感嘆し、手紙を差し上げたのは、純粋に君に文才を感じたからですよ」

　彼は冷めた紅茶を飲み、そして朗らかに笑いだした。

「完全な創作だと思っていましたよ。奇妙だが魅力的な作品だと。まさか、君の体験談で……私が……現実に私が、君の中で係わっていたとは、考えもしませんでしたね。私の書いたものが、君の体験に、こんなにも巧く絡み合うとは……では……これは……創作ではなく、私への告発だったのですか？」

「告発……」

「今日、君が来たのは、私を告発し、断罪するためだったの?」

「手紙に……あなたからの手紙に『結末が足りない』と、ありました。結末をつけるためです」

「ほう……結末をつける……犯人との決着をつける……そういうことかな?」

「からかわないで!」と、私は叫んだ。

「からかってなどいませんよ」と、彼は真面目に言った。「では、私が君をここに攫い、君はここで暮らしていたと言うのですか? 私とダフネ、それに一階には兵士が居て……」

「ダフネも兵士もみんなあなただ! あなた一人だった。香水とテーブル・クロスとテープ……会話や物音を吹き込んだテープを流し、あなたを呼び出していたのは携帯電話……外から掛かってきたときもあり、あなたが勝手に鳴らしていたときもある……なぜ、私を攫い……私を返したんです! この部屋……ダーク……あのドアの向こうには、私のベッドがある。ナイト・テーブルは花房の把手《とつて》の付いた引き出しが一つ、脚は湾曲し、先は猫脚になっていたわ。その隣には四隅に花と鳥の浮き彫りが付いたタンスがあり、私の衣服が入っていたわ。その先のドアは洗面所に続いていて……」

「ドアの向こうには私のベッドがありますよ」

私は泣きだしていた。

「その犬の名前はダール。作家のロアルド・ダールからいただいた名前です。エッセイにも書いたはずです。この家には、滅多にひとを入れないが、一度雑誌に載ったことがあります。隅から隅までね。怜君……これが、君の奇異な体験と、想像の入り混ざったものであれ……君の文才は確かだと、私は思いますよ」

「おとうさま……」

彼は口を噤《つぐ》み、私を見た。そして立ち上がり、ベランダへと出る窓硝子を大きく開いた。風と一緒に降りしきる蟬の声がなだれ込み、夏の熱気が部屋を満たす。

きらめく光の中に浮いた顔が、私に向けられ、陰になる。

「また、いらっしゃい。この下は中庭になっていてね、崖《がけ》と木立に囲まれた居心地の良い芝生です。今は炎天下で無理だけど、秋になると実に快適な小世界になります。シートを広げて、ピクニックをしましょう。そのときには、新たな物語を拝読できるといいですね」――光に包まれた闇の顔は笑ったようだった。

「君が何を言おうと、私は君が気に入りました。君もそうでしょう？　レイア」

そこに居るのはアブラクサス……

闇と光の神だった。

了

解説 ——真の贅沢——

皆川博子

〈薔薇《ばら》の谷〉と呼ばれる土地がブルガリアにあります。バルカン山脈の裾《すそ》です。無数の薔薇が栽培されているのですが、この花たちは、蕾《つぼみ》をつけるや、早暁、朝の光を浴びる前に摘み取られてしまいます。

観賞用の華麗な薔薇園ではなく、野菜や果物のような薔薇畑なのです。

無数の葩《はな》びらは蒸留釜に入れられ、やがて、一滴、一滴、抽出された薔薇油が器の底に溜《た》まります。

一グラムの香油を得るために、その数百倍の重さの葩が用いられます。葩ひとひらの軽さ、儚《はかな》さを思えば、必要とされる量がいかばかりか、察しられます。膨大な量の薔薇によって得られる一滴の香油。

薔薇の香油は、かつて、その目方の金と同等に扱われました。ブルガリアの商人は、薔薇油を満たした筒を身につけ、国々をまわりました。通行許可証の役をもなしたのでした。

ハンガリーからルーマニア、ブルガリアと旅したとき、この薔薇の谷と蒸留工場を訪れました。

服部まゆみさんのお作を読むとき、いつも、薔薇の香油を連想します。厳しい審美眼によって厳選された文学、美術、音楽の深い知識、それらに対する思索。一つの言葉、一行のフレーズは、膨大なそれらから抽出された一雫《ひとしずく》です。

『この闇と光』に、主人公が魅せられた画家たちの名前を列記した箇所があります。画聖の筆頭におかれたランブール兄弟は、十四世紀に生まれた写本装飾師です。十五世紀初頭に描かれた『ベリー公のいとも豪華なる時禱書《じとうしょ》』は、世界でもっとも美しい本といわれています。羊皮紙二百六葉に細密に描かれた写本は、フランスのコンデ美術館に蔵されています。印刷で見るだけでも、玲瓏《れいろう》たる青、深奥なる紅など色彩の鮮やかさに目を奪われ、中世の人々の佇《たたず》まいから息遣いまで感じられ、美に囚《とら》われる本作の主人公が魅せられたのもさこそと思われます。

時代をほぼ同じくするファン・エイクやパオロ・ウッチェロ、そうしてルネッサンスの巨匠レオナルド・ダ・ヴィンチ――服部まゆみさんは後に『レオナルドのユダ』という大作を著しておられます――、十六世紀フランドルのブリューゲル、十七世紀のオランダ美術を代表するあの静謐《せいひつ》なフェルメール。

時代は十九世紀に移り、ラファエル前派の蠱惑《こわく》的な画家たち、ダンテ・ゲイブリエル・ロセッティ、ジョン・エヴァレット・ミレイ、バーン・ジョーンズ、フェルナン・クノップフ。

ラファエル前派の画家たちは、神話、伝説、文学に題材をとり、浪漫主義の色濃いタブローを制作します。

さらに、クリムト、ベルメール。

印象派は退《しりぞ》けられています。

日常の表層を描いた画風の作も亦《また》、排されます。

主人公の偏愛の流れは一貫していると言えましょう。

作中人物の思想や嗜好《しこう》を作者本人と重ねてはならないと思いますが、『この闇と光』の主人公には、作者が何を嗜愛《しあい》し、何を嫌悪するかが、明瞭《めいりょう》に投影されていると感じます。

作品についてのみ語るべきであろう〈解説〉という場において、私的なことを記すのも憚《はばか》りがありはするのですが、日常においても、まゆみさんは、卑俗をよせつけず、審美眼にかなったもののみで日々を構築しておられた、と記さずにはいられません。

美醜、高貴卑俗、多くを知らなければ、取捨選択はできません。お訊《たず》ねしてみたことはないのですが、おそらく幼時から、魂をゆたかにするものに囲まれておられたのだろうと思います。

服部まゆみさんは、現代思潮社美学校で銅版画を学ばれました。

現代思潮社は、一九五七年に創立され、その最初の出版物がマルキ・ド・サド『悲惨物語』（澁澤龍彦《しぶさわたつひこ》訳）であることから窺《うかが》えるように、きわめて尖鋭《せんえい》な出版社でした。その後も、サドの『悪徳の栄え』、吉本隆明《よしもとたかあき》『異端と正系』、埴谷雄高《はにやゆたか》『不合理ゆえに吾《われ》信ず』などを出版し、当時の若い世代に愛読されました。一九五九年に刊行された『悪徳の栄え』は猥褻《わいせつ》文書として訳者の澁澤龍彦氏と出版社社長が告訴され、それを不当として多くの文学者が弁護にあたったのでした。

一九六九年。八年越しの裁判が、最高裁で有罪の判決を受けたその年、現代思潮社は美学校を創設、翌七〇年、神保町に教場を移しました。

この六〇年代末から七〇年にかけては、学園紛争が激化し、アンダーグラウンド演劇が熱を帯びた時代でした。

七〇年は、三月によど号ハイジャック事件が起き、十一月、三島由紀夫が自裁した年です。

美学校は、アカデミックな美術学校ではなく、銅版画、木彫刻、油彩、シルクスクリーンなどの科目の一つを選び、それぞれの分野の先端にある方の指導を受ける独特なものでした。私事になりますが、募集要項のパンフレットを見たとき、私はたいそう心惹《こころひ》かれたのでした。いろいろな事情から、入学は叶《かな》わない望みでしたが。

二十代初めだったまゆみさんは美学校で銅版画家加納光於《かのうみつお》氏の指導を受け、加納氏が美学校を退かれた後も氏の版画工房で学ばれます。

一九八四年、日仏現代美術展に出品して、ビブリオテク・デ・ザール賞を受賞され、授賞式に出席するためパリを訪れたそのとき、フランドルのブリュージュにも足を運ばれたのでした。

ジョルジュ・ローデンバックの『死都ブリュージュ』によって、訳者田辺保《たなべたもつ》氏の表現を借りれば〈単に地理学上の一地点であることをやめ、「詩」の中の場所に高められ（略）幻想の王国に不朽の位置を与えられ〉た運河の街です。一八九二年——まさに世紀末——に著されたこの憂愁にみちた小説『死都ブリュージュ』は、我が国に於《お》いても、上田敏《うえだびん》、北原白秋《きたはらはくしゅう》、西条八十《さいじょうやそ》、日夏耿之介《ひなつこうのすけ》など仏蘭西《フランス》のサンボリズムの影響を受けた詩人たちに深く愛されました。

邦訳は一九三三年に春陽堂、戦後は一九四九年に思索社、一九七六年に冥草社から、そうして、まゆみさんが渡仏された一九八四年に、国書刊行会からフランス世紀末文学叢書《そうしょ》の一冊として刊行されています。

まゆみさんがパリからブリュージュまで旅されたのは、ローデンバックに導かれてのことであったのでしょう。私は訪れたことはないながら、やはりローデンバックによって知り、魅されていました。おそらく、まゆみさんが愛されたクノップフの絵のような雰囲気の水都であったでしょう。

その旅が、ミステリ『時のアラベスク』に結晶し、一九八七年、第七回横溝正史賞を受賞されました。

まゆみさんご自身が制作された繊細な銅版画を装幀《そうてい》に用いた、美しい本でした。作品の中にちりばめられたキーワードの数々は、私も偏愛するものばかりでした。

第二作の『罪深き緑の夏』では、澁澤龍彦への傾倒が明らかです。

幻想文学の愛好者にとって、澁澤龍彦氏と種村季弘《たねむらすえひろ》氏のご著作は、甘露でした。私も耽読《たんどく》した一人です。澁澤さんの御著書によって、フランスのいとおしいマイナーポエットを知りました。

日常の生活の影が全くない独特の世界を、まゆみさんは最初から構築しておられました。日常から隔絶した小説世界という点は、赤江瀑《あかえばく》、中井英夫《なかいひでお》に共通すると思います。『罪深き緑の夏』の舞台となる蔦《つた》屋敷は、不思議な雰囲気のある異世界と感じられるのですが、子供の頃、実際、熱海《あたみ》にあった屋敷をモデルにしたの、と、まゆみさんは仰《おっしゃ》っていました。

二〇〇七年、まゆみさんは肺癌のために、あまりにも早く白玉楼に移られました。享年五十八。早すぎました。

デビュー以来二十年の間に残された著書は、長編と短編集をあわせて十冊。その中で、一九九六年に発表された『一八八八　切り裂きジャック』と前記した二〇〇三年刊行の『レオナルドのユダ』は、渾身《こんしん》の大作でした。

　前者は、あの有名な娼婦《しょうふ》連続殺害事件に、奇《く》しくも時代と場所を同じくしたこれも有名な〈エレファント・マン〉をからませ、登場人物は二、三をのぞき、すべて実在という、とてつもない趣向が凝らされています。架空の人物は、ホームズ、ワトソンに相当する、鷹原惟光と柏木薫です。惟光、柏木、薫、いずれも優雅な源氏物語の人物の名前です。薫の君は、表向きは光源氏の子とされていますが、実は柏木が不義をして産ませた子供です。自らの出生を疑う薫は、鬱々《うつうつ》と過ごします。『一八八八』の柏木薫に、作者は薫の君の煮え切らない鬱屈《うっくつ》した性情を重ねるという、ネーミングの悪戯《いたずら》を仕込んでいます。

　源氏物語において、藤原惟光は、光源氏の君の乳兄弟であり、忠実な従者です。『一八八八』に登場する鷹原惟光は、聡明《そうめい》にして光り輝く美青年。そして、鷹原の姓は、『罪深き緑の夏』の、澁澤龍彦をモデルにした鷹原翔に連なります。惟光の末裔《まつえい》に翔が、という幻の系譜を思うと、作者の密《ひそ》かな企《たくら》みが楽しくなります。

　エレファント・マンは、実在の人物です。外観は醜く崩れ、見世物にもなりながら、知性豊かな人物であったそうで、その生涯は映画や戯曲になっています。話が逸《そ》れますが、日本では劇団四季が上演しました。エレファント・マンを若かりし市村正親《いちむらまさちか》が演じ、畸形《きけい》のメークはせず、躰《からだ》をちょっと歪《ゆが》めるだけで表現していました。映画では無惨に崩れた姿を見せます。

服部まゆみさんは、日本人柏木薫を視点人物として、一九世紀のロンドンを、膨大な資料を駆使し、現前するかのように精緻《せいち》に描出されたのでした。『レオナルドのユダ』とともに、発表時、もっと話題になって然《しか》るべき鏤骨《るこつ》の作であったと思います。両大作の間に書かれた『この闇と光』は、直木賞の候補になりました。この賞の傾向とは対極にある作品です。選考委員のとまどいが選評からも感じられますが、かなりの好評を得ています。作品が放つただならぬ香気に魅せられた方もおられたようです。

本書に関しては、これ以上の言及は控えます。ほんの一言が、ネタばれになる恐れがあるからです。すでに少々犯していますが、許容範囲だろうと思います。

この本を手にされた読者には、何の予備知識も先入観もなく、本文を読まれることをお勧めします。

主人公がひたすら求めるのは、〈虚名とも、金銭とも結びつかない。真に己の魂を震わせる「美」であり、魂によって選び抜かれた「極上のもの」〉（二六一ページ）でした。こよない贅沢《ぜいたく》。真の意味での〈贅沢〉です。

それは、作者自身の希求するものでもありました。
まゆみさんが醸成した薔薇《ばら》の香りのするワインには、少量の毒も含まれています。
亡き人に、献杯。一掬《いっきく》の泪《なみだ》とともに。

文中のボルヘスの詩は、山田和子訳のものです。
本書は、二〇〇一年八月に刊行された角川文庫を底本といたしました。

この闇《やみ》と光《ひかり》

服部《はっとり》まゆみ

平成13年 8月25日 初版発行
平成26年 11月25日 改版初版発行
令和7年 3月5日 改版27版発行

発行者●山下直久

発行●株式会社KADOKAWA
〒102-8177 東京都千代田区富士見2-13-3
電話 0570-002-301(ナビダイヤル)

角川文庫 18854

印刷所●株式会社KADOKAWA
製本所●株式会社KADOKAWA

表紙画●和田三造

ISBN978-4-04-102381-5 C0193

◆◇◇